CHRONIQUES DE NEW YORK

Romancière française installée à New York depuis 2006, Cécile David-Weill a écrit plusieurs romans dont *Les Prétendants* qui vient de paraître aux États-Unis.

Paru dans Le Livre de Poche :

LES PRÉTENDANTS

CÉCILE DAVID-WEILL

Chroniques de New York

Illustrations STUDIO-D-PLUS

GRASSET

ISBN : 978-2-253-17984-9 – 1re publication LGF

Préface

Lorsque LePoint.fr m'a demandé d'écrire ces chroniques de New York, je me suis demandé qui cela allait bien pouvoir intéresser. Mais c'était compter sans l'enthousiasme incroyable que cette ville suscite chez les Français, pourtant d'ordinaire réputés pour leur esprit critique. New York nous est en effet si sympathique que nous en parlons souvent comme d'un membre de la famille. Un engouement que j'ai d'abord tenté de m'expliquer en l'attribuant à l'effet de familiarité produit par le nombre d'écrivains et de cinéastes qui s'y sont intéressés, ainsi qu'à son architecture, marquante et donc mémorable, et à son plan de rues immédiatement compréhensible.

Puis je me suis avisée que notre lien intime avec cette ville tient sans doute aussi et surtout à son extraordinaire faculté d'assimiler les immigrants du monde entier, qu'elle aimante depuis toujours. Une hospitalité universelle qui nous donne l'assurance aussi rare que réconfortante d'être bienvenus au sein de sa mosaïque d'identités. D'où l'indéfectible attachement à la ville de ses visiteurs reconnaissants. Et la raison de leur éventuelle tentation de devenir à leur tour new-yorkais, à laquelle j'ai, pour ma part, succombé il y a six ans.

Ce qui m'a permis de comprendre qu'aussi familière et accueillante soit-elle, New York n'en est pas moins une ville qui se mérite, et se révèle quelque peu différente de l'idée qu'on s'en fait de prime abord. Aussi, plutôt que de tenir le journal de mon apprentissage de la ville, ai-je, dans ces *Chroniques de New York*, fait le récit de mes découvertes au quotidien, en espérant donner ainsi au lecteur des repères inédits pour mieux la comprendre et la visiter.

PETIT MANUEL DE SAVOIR-VIVRE

Ce qui est interdit :

— Dès la sortie de l'avion, à l'aéroport, dans les zones d'immigration et de douane, l'utilisation des téléphones portables, sous peine de se les faire confisquer. Cela arrive souvent aux Français, incrédules et indisciplinés, qui tentent de mettre à profit leur attente dans la file parfois interminable pour être admis sur le sol américain. Mauvaise pioche.

— Il est également illégal de boire de l'alcool sur la voie publique, sauf si la bouteille est cachée par un sac en papier opaque. Tout comme le fait d'emmener son chien au restaurant. Ou de le promener sans laisse à Central Park en dehors des heures prévues pour cela (avant 9 heures et après 21 heures).

— Se garer devant une bouche d'incendie.

— Montrer ses seins : un interdit si incontournable qu'à Las Vegas, temple de la débauche où même les bordels sont légaux, il y a deux sortes de piscines dans les hôtels : les « européennes » où l'on peut être *topless*, qui sont destinées à la drague et à la fête (comme le signale d'emblée le niveau sonore de la musique qui y est diffusée), et les piscines « traditionnelles » destinées aux familles.

— Jurer est aussi défendu. Au point que les contrevenants se font « biper » à la télévision dès qu'ils prononcent un gros mot qui nous semble bien inoffensif.

— Depuis peu, fumer dehors à Central Park ou sur les plages de l'État de New York.

— Ne pas déblayer devant la porte de son immeuble ou de sa maison lors de la moindre chute de neige. Quiconque tombe sur une voie non dégagée peut poursuivre le propriétaire en justice.

Ce qui est « inapproprié » :

Un euphémisme désignant toutes ces choses qui, sans être interdites, sont tout à fait déconseillées, car elles contreviennent à la bienséance, la patience ou la discipline attendues de tout citoyen américain.

— Tenter de s'installer à une table de son choix au restaurant, même s'il est vide : les hôtesses d'accueil sont là pour ça.

— Traverser la rue en dehors des passages piétons, ou lorsque le feu pour piétons est rouge, et ouvrir la porte d'un taxi du côté de la circulation, car, forts de leur bon droit, les conducteurs new-yorkais ralentissent d'autant plus rarement pour laisser passer un piéton indiscipliné qu'ils ne sont pas habitués à en croiser.

— Doubler dans une queue, à moins de vouloir prendre le risque de se faire lyncher.

— Ou ne pas respecter, au bureau de poste, au restaurant, comme à la douane ou à l'église, la distance virtuelle obligatoire que les Américains (concepteurs d'un modèle de file d'attente devenu malheureusement universel) ont inventée pour séparer le gros de la queue, où les usagers se pressent les uns derrière les autres, de l'heureux élu dont c'est enfin le tour d'être appelé par le responsable tout-puissant.

— Tenter d'amadouer un membre des forces de l'ordre.

— Enfin, s'énerver. Essayez donc de perdre votre sang-froid ou d'élever la voix à New York ! Votre interlocuteur, effaré, vous prendra aussitôt pour un fou, et vous traitera comme tel. C'est-à-dire que, partant du principe qu'une personne en colère ne peut pas être sensée, il attendra que vous vous soyez calmé pour traiter votre demande ou votre réclamation. Un supplice pour un Latin !

UPTOWN/DOWNTOWN

Où habitez-vous ? Voilà une des premières questions que l'on vous pose lorsque vous vivez à New York. Car, contrairement à Paris où l'histoire a dispersé dans tous les arrondissements des immeubles et des îlots de charme, il n'y avait, jusqu'à récemment, qu'un seul quartier où il était élégant d'habiter à New York : un périmètre dans l'Upper East Side qui s'étire de la 60e à la 90e Rue, entre la 5e et Lexington Avenue. À l'intérieur duquel la plupart des wasps new-yorkais connaissent sur le bout des doigts la nomenclature des immeubles prestigieux. Ils les appellent par leur nom ou leur adresse postale, ce qui donne des conversations du genre : « Ah ! Vous habitez au Dakota ! » (Un des rares immeubles emblématiques de l'Upper West Side, où John Lennon a vécu et devant lequel il a été abattu.) Ou bien, une fois que vous avez donné votre adresse sur Park Avenue : « Et vous vous plaisez au 740 ? »

Car tous ces buildings, qui ont été construits avant la Seconde Guerre mondiale (*pre-war*, vous annoncent les agents immobiliers), ont en commun d'appartenir à un comité tout-puissant de copropriétaires (les *coop*), inquisiteurs et sélectifs, qui doivent vous « coopter » et rendent le fait d'y acheter un appartement aussi difficile que d'entrer au Jockey Club. Aussi renseignent-ils d'emblée votre interlocuteur sur votre prestige social et votre niveau de fortune. Ainsi, pas de souci à se faire si vous habitez au 720, 740 ou 778 Park Avenue ou, sur la 5e Avenue, au 810, 820, 830, 834, et au 960, sans oublier le 998, qui occupait autrefois tout le bloc et dont les appartements étaient dotés de salles de bal pourvues de colonnes et de dizaines de chambres de personnel.

Mais les temps ont changé. Et les nouveaux riches, refusés dans ces immeubles, se sont installés dans le bas de la ville, devenu peu à peu un haut lieu de branchitude. De fait, Downtown est maintenant hors de prix. (Chacun a en tête le loyer de 35 000 euros par mois de la maison de DSK sur Franklin Street, à Tribeca.) Et seuls les jeunes qui acceptent d'y vivre dans des chambres à la limite de l'insalubrité, les nouveaux riches de la finance et de l'art contemporain, les gens de mode, ou à la mode, font le choix d'y habiter.

Aussi, à moins d'être milliardaire ou bohème, la plupart des expatriés français résident-ils *uptown*. D'autant qu'ils tiennent à être proches du Lycée français (75e Rue et York Avenue), où ils scolarisent leurs enfants, et de Central Park, où ils les promènent. Et qu'ils y trouvent de grands appartements adaptés à leur famille souvent nombreuse. Mais ils y habitent aussi pour tisser des liens avec l'establishment américain qui y réside. Les wasps considèrent en effet le bas de la ville comme un lieu, non pas de débauche, mais de détente, aux distractions trop nombreuses (jolies filles, bars, boîtes de nuit, galeries d'art contemporain) pour y mener une vie de travail et de tempérance. (Eh oui ! Ils ne sont pas protestants et puritains pour rien !) Et de même qu'ils jugent la cuisine française trop riche – mot poli pour trop grasse – pour en consommer tous les jours, ils ont beau apprécier Downtown, ils le jugent bien trop cool et décontracté pour y vivre ou même s'autoriser à y aller plus que de raison.

Ainsi, lorsqu'on parle des Français à New York, encore faut-il savoir lesquels. Car le malentendu est total entre les résidents français et leurs compatriotes visiteurs, tant leur façon d'envisager la ville peut changer du tout au tout. En effet, aux yeux des Français de passage, New York est hype, vibrante, bourrée de restaurants délicieux, de nouveaux musées, de buildings dessinés par les plus grands architectes et de magasins à la mode. Ils y débarquent gonflés à bloc, en quête d'innovation et de modernité, bien décidés à arpenter la ville à la recherche des adresses branchées soufflées par leur copine rédactrice de mode ou leur cousin producteur de cinéma. Mais quel que soit leur centre d'intérêt, New York, pour eux, c'est Downtown, ou alors Brooklyn, pour les plus pointus. Uptown ? Un passage obligé pour Central Park et les musées. À part cela, quel intérêt ?

D'où l'inévitable embarras des résidents français devant leurs compatriotes de passage. Difficile de laisser paraître leur ignorance lorsqu'ils leur demandent sans malice leurs bonnes adresses dans le bas de la ville. « Tu en connais, toi, des nouveaux restaurants *downtown* ? » me demandent-ils parfois. Mais force est de reconnaître que, malgré toute ma bonne volonté, je suis toujours en retard de quelques adresses. Car je manque de volontaires dans mon entourage pour m'y accompagner, personne résidant *uptown* ne se réjouissant d'aller dans ces endroits bondés, où il faut montrer patte blanche pour entrer, puis patienter debout le temps que se libère une table où l'on n'est autorisé à prendre place que lorsque tous les convives sont arrivés.

Alors tant pis si le haut de la ville a un choix ridiculement limité de restaurants. (Et à cet égard, la fermeture de la Goulue pour laisser place au magasin de Loro Piana a été un désastre.) Tant pis si l'on s'y refile en chuchotant les adresses de marchands de fromages décents et de boucheries correctes, alors que le bas de la ville regorge de boutiques alléchantes. Tant pis aussi, si l'on doit y subir de véritables interrogatoires sur l'état de nos finances et notre moralité pour être admis à y louer ou y acheter des appartements. Car New York, pour moi, c'est Uptown. Un point, c'est tout.

Uptown et Downtown sont en effet deux villes distinctes, étanches l'une à l'autre et pratiquement irréconciliables. La preuve ? Sid Bass, magnat du pétrole, n° 158 dans le classement des 400 Américains les plus riches du magazine *Forbes* – dont le divorce de Mercedes, l'incontournable vice-présidente et mécène de l'Opéra de New York, a fait les gros titres du *New York Times* –, a décidé de devenir artiste et de changer radicalement de vie, en s'installant… *downtown*.

Gagosian se prend-il pour Dieu ?

Larry Gagosian est le roi de l'art contemporain à New York, tout comme Harvey Weinstein est celui du cinéma à Los Angeles. Les deux hommes ont en commun de posséder un sens du marketing hors pair et de se livrer à une débauche de moyens jamais égalée pour matraquer le public de leurs produits.

Gagosian vient d'en faire une illustration éclatante avec l'exposition mondiale de 25 années de *spot paintings* par Damien Hirst, qu'il présente simultanément jusqu'au 17 mars dans ses onze galeries de New York, Londres, Los Angeles, Rome, Paris, Genève, Athènes et Hong Kong. Mais si l'exposition passe plus ou moins inaperçue à Paris ou Athènes, il en va tout autrement à New York, où Gagosian, qui possède trois espaces, un *uptown* et deux *downtown*, a littéralement envahi la ville de *spot paintings*.

Que dire de ces 331 tableaux rassemblés en une seule et unique exposition disséminée dans différents endroits du globe ? Que cinq seulement ont été peints par l'artiste lui-même. Que la plupart ont été prêtés par des collectionneurs privés ou des institutions publiques. Que le plus petit *spot painting* représente un demi-pois de 2,54 × 3,81 cm (1996), que le plus grand est constitué de quatre pois d'un diamètre de 1,50 m et que le plus récent comprend 25 781 pois d'un diamètre de 1 millimètre. Le prix record d'un *spot painting* a été atteint à Londres en 1998 à une vente chez Phillips de Pury & Company pour 3,48 millions de dollars.

La critique est pour le moins partagée. Kia Makarechi du *Huffington Post* constate que cette exposition a bel et bien réussi à prendre le monde de l'art en otage, provoquant la cascade attendue d'articles et de publicité sur l'artiste le plus riche de la planète. Tandis que Roberta Smith du *New York Times* la compare au lancement d'un nouveau produit d'Apple, et la décrit comme une gigantesque promotion des deux marques que sont Damien Hirst et Gagosian, qui se livrent ainsi à une décadente autocélébration de l'argent. Même son de cloche chez le critique de Bloomberg, qui juge que l'exposition ne reflète que trop bien l'ère de la bulle internet et de la crise des *subprimes*, alors que la récession met à l'ordre du jour le sérieux et la sobriété.

En attendant, Larry Gagosian n'a pas lésiné sur les moyens pour défendre son artiste et céder les 100 tableaux de l'exposition qui sont à vendre. Au point que l'on se demande s'il ne se prend pas pour Dieu, lorsque, sans complexe, il reprend à son compte le principe du chemin de Saint-Jacques-de-Compostelle. Chaque pèlerin (visiteur) de son « Complet Spot Challenge » se voit offrir un carnet dans lequel un timbre religieux sera apposé à chaque étape du chemin pour matérialiser son pèlerinage.

Mais au lieu de gagner leur place au paradis, les pèlerins qui auront relevé le défi, c'est-à-dire ceux dont la carte comportera les sceaux des onze galeries, matérialisés chacun par un rond de couleur différente (eh, oui ! encore des pois !), se verront récompensés par une gravure dédicacée par Damien Hirst.

Un mauvais calcul financier, puisque la somme des billets d'avion et des nuits d'hôtel nécessaires à l'accomplissement de ce pèlerinage permettrait sans doute l'achat d'un vrai *spot painting*. Mais une idée ludique, susceptible de changer l'approche qu'a le public des institutions culturelles, et qui se met clairement au service de la religion qu'est devenu l'art contemporain.

Gagosian gallery
www.gagosian.com

555 West 24th Street
New York
(212) 741-1111

980 Madison Avenue
New York
(212) 744-2313

522 West 21st Street
New York
(212) 741-1717

L'ARME DU RAT GONFLABLE

Il n'y a qu'à voir les manifestants anti-Wall Street priés de rester dans leur enclos de Zuccotti Park pour comprendre qu'à New York, comme ailleurs aux États-Unis, les manifestations sont réglementées de façon à ne gêner ni les villes ni le fonctionnement des entreprises. Mais les syndicats y sont très actifs et très puissants. Aussi ont-ils trouvé un moyen inédit de manifester : le rat gonflable.

Imaginez un rat de 8 mètres de haut entouré de syndicalistes distribuant des tracts devant le siège social d'une entreprise pendant une heure, une journée ou une semaine. Cette tactique de protestation a commencé en 1990, lorsqu'un syndicat de maçons de Chicago a eu l'idée de commander à une société de ballons gonflables un rat du nom de « Scabby the Rat », littéralement « mouchard galeux », dont les taches jaunes sur le ventre faisaient clairement référence aux briseurs de grève.

Elle a connu depuis lors un véritable essor, notamment après que le National Labor Relations Board, estimant que l'utilisation des rats gonflables relevait de la liberté d'expression, l'a déclarée tout à fait légale. Au point que ces ballons personnifiant la cupidité des entreprises figurent désormais dans tous les piquets de grève du pays, et représentent aux yeux des Américains l'image même du syndicalisme.

Consacrés par un épisode de la série *les Soprano* et vendus 8 000 dollars pièce, ces rats ont en tout cas assuré l'avenir de leur principal fabricant, la société Big Sky Balloons and Searchlights, basée en Illinois. En effet, rien qu'à New York, il en existe au moins 30, et il est arrivé qu'il y en ait 13 à la fois dans la même manifestation. Et c'est peu de dire qu'ils sont très occupés, par exemple récemment devant le Rockefeller Center, une synagogue du Bronx, une église de l'Upper East Side, un country club du New Jersey, une école de Manhattan ou la mairie de Yonkers.

Certaines de leurs victimes se plaignent de cette mise en cause publique de leur entreprise, car ils estiment que la vision saisissante d'un rat géant assis sur ses pattes arrière, avec des yeux rouges et globuleux, de longues dents proéminentes, et un ventre couvert de croûtes jaunes, est coercitive et provocatrice. Et ils réagissent en appelant la police ou, comme c'est arrivé en 1999 à Stuyvesant Town, en envoyant leurs agents de sécurité poignarder le ballon gonflable. Tandis que d'autres jugent les rats inoffensifs, arguant du fait que les passants, désormais habitués à les côtoyer, n'y prêtent plus la moindre attention.

Sans doute est-ce pour éviter cela que les syndicalistes se diversifient depuis peu, en jouant sur la taille et le genre des rongeurs, qui sont tantôt des géants de 8 mètres avec une longue queue entre les jambes, tantôt des rats en costume et cravate de 4,50 mètres de haut. Ou en demandant aux fabricants d'élargir leur catalogue aux putois, cafards, chats en costume trois-pièces, et autres cochons en chapeau haut de forme fumant le cigare. Sans oublier l'accessoire plus modeste mais tout aussi menaçant auquel ils ont recours lorsque les trottoirs sont trop étroits pour leurs mastodontes habituels : un cercueil occupé par un cadavre de cire.

Les emblèmes de New York

Les Américains ont un terme, celui de « *landmark* », pour désigner ce qui, dans un paysage ou un terrain (*land*), frappe les esprits, les marque (*mark*). Il s'agit le plus souvent de monuments aisément reconnaissables, comme la tour Eiffel ou la statue de la Liberté, qui constituent alors un point de référence à partir duquel on peut trouver son chemin. Mais les monuments ne sont pas les seuls emblèmes d'une ville. Ainsi, New York, pour moi, c'est avant tout de la fumée qui s'échappe de la chaussée, des échelles de secours, une sirène de pompiers et des citernes à eau. Visite guidée.

La fumée

New York a développé un réseau de vapeur sous pression qui sert, entre autres choses, au chauffage de la ville. Or, ces tuyaux brûlants, à proximité des circuits d'eau froide et des canalisations d'égout, provoquent parfois de la vapeur qui s'échappe en panaches de la chaussée. D'où les cônes géants rouge et blanc posés au milieu des rues pour éviter que la fumée ne stagne à hauteur des voitures et ne gêne leur visibilité.

Les échelles à incendie

Les échelles à incendie métalliques popularisées par *West Side Story*, *Fenêtre sur cour* ou *Friends* ont été rendues obligatoires à la fin du XIXe siècle après deux incendies consécutifs au sud de l'île. Destinées jusqu'en 1930 à permettre l'évacuation d'un immeuble en cas d'incendie, elles sont désormais souvent détournées en balcons romantiques, en jardins suspendus, en garde-meubles ou en sèche-linge.

Les sirènes

La sirène sinusoïdale américaine possède un son oscillant et lancinant bien plus puissant que la sirène française à deux tons alternés de nos véhicules prioritaires, qui fait « pin-pon », ou que celle à trois tons (« pin-pon-pin ») utilisée par nos ambulances privées, nos équipes de SOS Médecins, nos véhicules d'EDF ou encore nos engins de déneigement. Aussi cette sirène US est-elle en train de gagner la France, où elle est pour l'instant seulement tolérée, notamment sur certains véhicules du Samu. Une surenchère sans doute inévitable, mais sans fin, puisque, pendant ce temps-là, la ville de New York, constatant que les usagers de la route se sont habitués à cette sirène sinusoïdale et qu'ils y réagissent de moins en moins, a commencé à s'équiper d'un nouvel avertisseur sonore émettant, en plus du son, des vibrations que les passants et les conducteurs proches peuvent ressentir.

Les citernes d'eau

New York compte un autre symbole que l'on repère bien vite, des citernes d'eau perchées sur les toits. On estime leur nombre entre 10 000 et 15 000, réparties dans les cinq *boroughs*. Elles sont apparues au milieu du XIXe siècle, lorsque les constructions ont pris de la hauteur et qu'il a fallu pallier les inconvénients du système d'alimentation en eau de la ville, l'un des plus anciens des États-Unis, dont les larges tuyaux ne permettent pas d'obtenir une pression suffisante pour alimenter les immeubles de plus de six étages. Et comme la loi impose que chaque immeuble ait accès à deux sources d'alimentation d'eau, elles sont depuis lors également utilisées comme réserve d'eau secondaire en cas d'incendie. Si bien qu'elles alimentent en eau 90 % des immeubles new-yorkais de plus de six étages.

Comment ça marche ? L'eau, acheminée par des aqueducs depuis plusieurs sources vers des réservoirs, dont celui de Central Park, est conduite via le réseau de distribution jusqu'aux citernes situées plus haut que les consommateurs, grâce à la pression exercée selon le principe des vases communicants. Elle est propulsée à l'aide de pompes vers le haut de la cuve de la citerne pour la remplir, avant d'être envoyée dans un réseau gravitaire qui assure son acheminement vers l'ensemble des habitations.

La fabrication de ces citernes d'eau a très peu évolué. De forme cylindrique, avec un sommet conique qui abrite un système électrique évitant à l'eau de geler, elles sont toujours montées à la main et faites en bois de cèdre, un matériau résistant et très isolant qui maintient la température de l'eau et peut durer environ 35 ans. Aussi ont-elles de beaux jours devant elles, malgré les structures en acier qui commencent à les remplacer sur certains toits de la ville.

INTERVENTION

Un de vos proches, alcoolique, sex-addict ou toxicomane, vous rend la vie impossible ? Et votre désarroi est d'autant plus grand qu'il ne semble pas avoir l'intention de se soigner ? Qu'à cela ne tienne, faites comme nos amis américains, organisez une « intervention ». De quoi s'agit-il ? D'une version contemporaine du « qui aime bien châtie bien » initiée par les proches de la personne dépendante, qu'il s'agisse de ses amis, de sa famille ou de son employeur (si, si...). Explication.

Les Américains considèrent que la seule façon de se comporter avec un proche toxicomane consiste à l'obliger à se faire soigner par des professionnels. Qu'il le veuille ou non. Et le plus tôt possible, de façon à l'empêcher de causer un accident de la circulation, de blesser son entourage – au propre comme au figuré –, ou de perdre son job, son logement, son conjoint, ses enfants ou ses amis. Ce qui justifie à leurs yeux le fait de le piéger au cours d'une « intervention » qui doit se préparer soigneusement en plusieurs étapes.

— Étape n° 1 : choisir un centre de désintoxication. Il y a l'embarras du choix aux États-Unis où le *rehab* est un business florissant, avec environ 14 000 centres dont les tarifs moyens, pour une cure d'un mois, tournent autour de 7 000 dollars, mais peuvent facilement grimper à 25 000 dollars, comme au Crossroads Center fondé par Eric Clapton à Antigua, ou à 35 000 dollars pour 35 jours comme à The Meadows en Arizona, qui compte Tiger Woods parmi ses clients célèbres.

— Étape n° 2 : s'y faire prodiguer des conseils sur l'organisation de son « intervention ». Ou mieux encore, mais évidemment plus cher, y engager « l'interventionniste » qui s'en chargera.

— Étape n° 3 : choisir les personnes qui vont participer à l'« intervention », parmi les amis, membres de la famille, enfants, conjoint et collègues de travail de la personne dépendante. Et les convoquer à une réunion préparatoire au cours de laquelle ils détermineront la date et le lieu de l'« intervention », ainsi que le prétexte (baptême, anniversaire, réunion d'entreprise, remise d'espèces) qu'ils utiliseront pour attirer et peut-être même faire enfermer leur proche le temps qu'il retrouve la sobriété nécessaire pour les écouter.

— Étape n° 4 : faire plancher les participants, chargés d'écrire chacun une lettre qu'ils liront à leur proche au cours de l'intervention. Pour quoi faire ?

Pour, dans l'ordre, lui dire combien ils tiennent à lui et combien ils estiment ses qualités, puis lui faire part des différentes occasions où ils ont été blessés par son comportement. Avec l'espoir que la répétition de ces discours réglés comme du papier à musique lui fassent prendre la mesure de l'effet dévastateur de sa dépendance sur son entourage.

— Étape n° 5 : convenir des menaces que ces proches adresseront à l'intéressé à la fin de leur allocution. Elles doivent être réalistes puisqu'elles ont pour vocation d'être mises en œuvre dès la fin de l'intervention si elle échoue. Mais elles doivent surtout être assez dissuasives pour persuader le toxicomane de se faire soigner. Aussi les participants le menacent-ils, selon les cas, de le quitter, de lui couper les vivres, de se brouiller avec lui ou de le licencier…

— Étape n° 6 : peaufiner l'ultimatum clôturant « l'intervention ». Car après les menaces successives, l'intéressé se verra poser un ultimatum par l'organisateur de la séance, qu'il s'agisse d'un de ses intimes ou de l'« interventionniste » professionnel mandaté par eux pour jouer les Monsieur Loyal : partir sur-le-champ avec la valise que lui ont préparée ses proches dans le centre de désintoxication où ils lui ont réservé une place. Ou subir les conséquences de son refus.

Effrayant, non ? Mais quand vous saurez que l'« intervention » se pratique aussi en cas de troubles du comportement alimentaire, de maladies mentales, d'addiction au jeu ou de codépendance, qu'elle rivalise d'importance avec les mouvements des Alcooliques et Narcotiques Anonymes, et qu'elle commence à faire l'objet de programmes de télé-réalité, vous comprendrez que le phénomène n'est pas près de passer de mode.

Taxis jaunes

Ah ! Les taxis jaunes, quelle merveille ! me disent les Français de passage à New York. Et c'est vrai. Mais c'est compter sans l'horripilante innovation de l'administration Bloomberg et de la Commission des taxis et limousines de la ville, qui ont exigé en 2007 des 15 000 taxis de la ville qu'ils soient équipés d'une télévision. Un cauchemar pour les chauffeurs, qui subissent souvent en boucle la torture sonore d'un écran dont les haut-parleurs sont placés à 15 centimètres de leurs oreilles, et n'ont aucune prise sur un programme contrôlé par le passager. Et un réel motif de contrariété pour les clients. Impossible en effet de penser, de rêvasser ou de passer un coup de fil, car on est obligé de subir une télévision qui s'allume en même temps que le compteur, et que l'on ne peut éteindre durant les quelques secondes de générique préprogrammé. Alors on attend que commence le programme proprement dit. Un flot de nouvelles, de publicités, de météo, de clips promotionnels et culturels, que l'on est censé pouvoir interrompre à tout moment puisque l'écran est tactile. Encore faut-il trouver l'emplacement du bouton on/off sur l'écran, puis tester l'efficacité de différents types de pression pour l'actionner. Est-ce que ce sera un tapotement bref du bout du doigt, un effleurement de la pointe de l'ongle ou une pression ferme et continue ? On essaye une méthode après l'autre. Ce qui laisse le temps de se demander combien de doigts s'y sont escrimés avant les nôtres et d'imaginer le nombre de microbes qu'ils y ont laissés. Mais ces écrans s'avèrent souvent impossibles à éteindre. De là à conclure qu'ils sont déréglés exprès, pour obliger les passagers à gober la publicité qui y est diffusée, il n'y a qu'un pas, largement franchi sur le Net, où les internautes accusent les fabricants de fournir les écrans aux taxis en échange du droit d'encaisser les revenus de publicité.

Mais ces écrans ne sont pas près de disparaître. Car ils offrent aux passagers la possibilité de payer la course au moyen de leur carte de crédit sans la confier au chauffeur. Un progrès tellement apprécié des passagers qu'il a, semble-t-il, provoqué un accroissement de la fréquentation des taxis, malgré la crise. Et un progrès aussi pour les chauffeurs de taxi. D'une part, parce qu'ils se sentent plus en sécurité avec moins d'argent liquide. Et d'autre part parce que le pourcentage prélevé par les sociétés de cartes de crédit a été largement compensé par l'augmentation du pourboire moyen qui est passé de 15 % en liquide à 22 %. Il suffit de payer une fois un taxi jaune par carte pour comprendre pourquoi : faisant office de compteur, l'écran incite le client à ajouter sur sa carte un pourboire d'un simple clic sur l'écran pour un supplément de 20 ou 25 %, ou de le calculer et de le taper lui-même, s'il s'agit d'un pourboire moins généreux.

Enfin, les avantages du taxi jaune sont évidents aux yeux des spécialistes du marketing : les passagers constituent une population intéressante de nouveaux consommateurs aisés, transformés en spectateurs captifs d'un écran qui reste allumé dans 85 % des cas. Ainsi, une publicité de 30 secondes diffusée dans la moitié des taxis de la ville pour la somme de 20 000 dollars par semaine peut être vue plus de 200 000 fois par jour. Une aubaine pour les annonceurs, dont le nombre a doublé depuis l'année dernière, ainsi que pour l'administration Bloomberg, qui a décidé de lancer une deuxième chaîne destinée à promouvoir la ville. Bref, la télévision dans les taxis n'en est qu'à ses débuts.

T

Breakfast at Tiffany's

Le titre de l'invitation était trop tentant, j'y suis allée. J'avais Audrey Hepburn et George Peppard en tête, et l'envie aussi absurde que déraisonnable d'y trouver les boucles portées par Holly Golightly, avec des pampilles bleues qui font également office de bouchons d'oreilles. Mais l'événement donné par Tiffany, l'un des principaux mécènes de l'Annual Art Show du Henry Street Settlement, une association qui fournit chaque année des soins médicaux, des logements et des programmes pour la jeunesse à 50 000 New-Yorkais vulnérables, était un peu trop *corporate* pour le film de Blake Edwards. Néanmoins, de jolies hôtesses étaient postées tous les cinquante mètres dans le magasin, comme les cailloux du Petit Poucet, pour indiquer le chemin à suivre jusqu'à l'étage des salons réservés aux clients d'importance.

Le buffet trône dans une ambiance de paquebot entre les meubles des années 1930 en acajou verni. Puis les salons s'éclaircissent et se féminisent dans des boudoirs couleur aigue-marine et céladon. Les canapés sont capitonnés, et le plafond orné d'un dais opalin. Tiffany vient de fêter ses 175 ans. Pour cette occasion, un nouvel alliage d'or et de platine a été inventé, dont est composé le collier porté par une dame qui tend le cou, menton levé, pour le montrer aux invités. Mais pour les cadres de Tiffany et du Henry Street Settlement, il s'agit plutôt ce jour-là d'allier luxe et générosité, ce qui donne une certaine fraîcheur à l'événement.

D'autant que les femmes, qui regardent les bijoux étincelants exposés dans les vitrines, ne constituent pas une foule homogène d'habituées des cocktails de lancement. Certaines ont un verre d'eau pétillante à la main et le « derrière Condé Nast », c'est-à-dire la fesse concave chère aux rédactrices de mode de *Vogue* ou de *W* qui dictent le choix d'une maigreur de bon aloi. Tandis que d'autres, des femmes enceintes ou de grosses dames, piochent avec plaisir dans les assiettes de petits fours et de bacon au sucre. Mais elles sont toutes sur leur trente et un, juchées sur des talons hauts, en tailleur crème ou en robe de cocktail, aussi apprêtées que les créatures des années 1950 figurant sur les photos en noir et blanc qui ornent les murs du couloir.

Tout le monde a l'air content. La réception est réussie. Je me demande combien d'événements de ce genre ont lieu en ville ce jour-là. Il ne me reste plus qu'à consulter le site « newyorksocialdiary.com », la bible numérique des événements mondains lancée par David Patrick Columbia, qui publie les photos des galas de charité, des fêtes et des cocktails auxquels il se rend tous les jours. Un vrai sacerdoce. Mais il fallait bien, sans doute, que quelqu'un s'en charge.

Tiffany & Co
www.tiffany.com

727 Fifth Ave
New York,
(212) 755-8000

newyorksocialdiary.com

La dictature des copropriétés

Le système des *coop* est une exception new-yorkaise. Et bien qu'il soit marginal, puisqu'il se limite à quelques centaines de buildings à Manhattan, il ne laisse pas d'étonner au pays des libertés. Car il s'agit d'immeubles constitués en sociétés dont les propriétaires ont à leur tête un conseil d'administration (le *board*) tout-puissant qui fixe les règles à sa guise, ce qui donne des choses ahurissantes. Jugez plutôt.

Dans ces immeubles, qui fonctionnent comme des clubs privés, les nouveaux venus sont cooptés. Bien que leurs règles d'admission demeurent non-dites pour ne pas contrevenir à la loi antidiscrimination, il est de notoriété publique que le *board* se livre à une véritable enquête de moralité sur les candidats et qu'il rejette d'emblée les gens susceptibles d'attirer les paparazzi, tels Madonna ou DSK, ceux qui ont mauvaise réputation, qu'il s'agisse de mafieux ou de play-boys, les célibataires et les homosexuels, dont la vie sexuelle hasardeuse donnerait lieu à des va-et-vient d'inconnus dans l'immeuble, ainsi que les femmes divorcées, dont les ex-maris pourraient arrêter d'assurer le train de vie.

Vient ensuite l'examen du candidat-acheteur sous l'angle de la solvabilité financière. Une condition sine qua non, d'autant plus importante que si l'un des membres d'un *coop* vient à faire faillite, les autres doivent régler ses dettes. Ce qui donne lieu à des exigences démentielles de la part du *board*. Ainsi, la plupart des immeubles exigent du candidat qu'il finance sans emprunt entre 50 et 100 % du prix de l'appartement, qu'il possède un capital représentant deux à quatre fois sa valeur, et qu'il ait des revenus au moins cinquante fois supérieurs aux frais d'entretien – substantiels – qu'il aura à verser chaque mois au building. Moyennant quoi, le candidat achètera son appartement 20 % moins cher que dans un condominium régi par des règles plus souples.

Une fois dans la place, pas moyen de se détendre. Car, là encore, le *board* a établi des règles strictes. Nombre d'entre elles concernent les travaux, notamment l'obligation de soumettre vos plans au *board*, l'interdiction de construire du *wet over dry*, c'est-à-dire une salle d'eau au-dessus d'une pièce à vivre, l'impossibilité de faire des travaux, sauf quatre mois par an, le plus souvent entre le Memorial Day (dernier lundi du mois de mai) et le Labor Day (premier lundi de septembre), ou l'interdiction de faire des travaux s'il y a déjà plus de 4 chantiers en cours dans l'immeuble. Tant pis pour vous si vous êtes pressé de commencer, ou que vous avez prévu des travaux importants, il vous faudra prendre votre mal en patience ou étaler vos travaux sur plusieurs années.

Mais il y a aussi des règles insensées concernant la vie quotidienne. Interdiction de louer, de prêter ou d'accueillir chez vous des amis plus d'une ou deux fois par an. Vous ne pourrez pas non plus y laisser plus de deux jours un enfant de moins de 21 ans, même de votre famille, sans la surveillance d'un adulte. Inimaginable ? Pas tant que ça, car il ne faut pas oublier qu'il ne s'agit pas de votre appartement, mais de la fraction d'un *coop* dont vous êtes propriétaire au même titre que vos voisins, qui ont leur mot à dire sur tout ce qui s'y passe.

Il n'est donc pas étonnant qu'il vous soit aussi parfois défendu d'y fumer ou que la présence des animaux de compagnie y soit interdite ou réglementée, limitée par exemple aux chiens de moins de 20 kilos. Et que vous n'ayez pas le droit d'y faire une fête de plus de vingt personnes, à moins de prévenir le building par écrit au moins dix jours à l'avance, en vous engageant à ne pas faire de bruit après 22 heures et en prévoyant le temps de présence des *doormen*, chargés de pointer la liste de vos invités et de vérifier qu'ils ne se jettent pas tous en même temps dans l'ascenseur, ce qui pourrait donner lieu à un procès engageant la responsabilité de l'immeuble en cas d'accident.

Enfin, ne croyez pas être tranquille si vous héritez d'un appartement dans un *coop*, car vous serez aussitôt convoqué par le *board* pour déterminer s'il vous restera assez d'argent après le règlement de vos droits de succession pour en demeurer le propriétaire.

LES FOOD TRUCKS

La nourriture de rue donne lieu depuis peu à New York à un véritable jeu de piste à ciel ouvert. Et les réseaux sociaux sont désormais essentiels à ceux qui cherchent à se nourrir sur le pouce.

De quoi s'agit-il ? De l'apparition et de la multiplication des *food trucks*, c'est-à-dire des « camions à nourriture » qui se baladent un peu partout dans la ville, mais surtout à Midtown. À la différence des stands en inox et des remorques à roulettes traditionnels proposant hot dogs, bagels, bretzels, pralines, pizzas ou poulet halal, ils ont chacun leur identité visuelle et sont autopropulsés. Autrement dit, ils bougent. Et ce d'autant plus que ces vendeurs de rue, qui ont obtenu le droit d'opérer en achetant un permis à la municipalité, ne disposent que d'un temps limité pour chacun de leurs arrêts dans un périmètre donné. D'où le rôle des blogs comme « tweat.it », « thebrooklynnomad.com » ou encore « midtownlunch.com » qui centralisent tous les *twits* envoyés par les camions ambulants pour faire savoir en temps réel où ils ont réussi à se garer.

Quel intérêt ? L'offre de ces *food trucks* va bien

au-delà de l'idée que l'on se fait d'ordinaire de la cuisine de rue, celle d'autrefois, que Zach Brooks, le concepteur de « midtownlunch.com », qualifie de « façon pas chère pour les immigrés de préparer de la bouffe pas chère pour d'autres immigrés ». Car la diversité et la qualité de la nourriture proposée par ces *food trucks* pour moins de 10 dollars est aussi inédite que remarquable. De ce fait, ils sont devenus extrêmement populaires. Au point d'attirer des chefs aussi prestigieux qu'Alain Ducasse et Daniel Boulud, qui ont accepté ponctuellement d'y servir leur cuisine pour le lancement d'un site Internet. Ainsi que toute une nouvelle génération de jeunes restaurateurs, parfois fraîchement sortis de l'école de cuisine, à qui les prix excessifs des loyers de Manhattan ne permettent pas d'avoir pignon sur rue.

La preuve de cet engouement ? Il existe désormais un prix, les « Vendy Awards », qui récompense tous les ans les meilleurs vendeurs ou marchands ambulants de New York. Sans oublier le hit parade établi par le magazine *New York* de ses 25 *food trucks* favoris. Alors, lors de votre prochain voyage à New York, lancez-vous sur la piste de ces *food trucks* car les gastronomes pique-niquent désormais au milieu de Times Square, à quelques pas du Rockefeller Center ou au cœur de Broadway.

---

thebrooklynnomad.com
midtownlunch.com
tweat.it

Stars à New York, inconnus en France

On ose dire des Français qu'ils sont arrogants. Pourtant, nous avons si bien intériorisé notre modeste place dans le monde que nous ne nous étonnons jamais que nos stars soient inconnues aux États-Unis. Même lorsqu'il s'agit d'une gloire nationale comme Johnny Hallyday, dont l'hospitalisation en 2009 à Los Angeles avait provoqué le déplacement en masse de nos paparazzi, et la stupéfaction des journalistes américains qui n'avaient jamais entendu parler de lui. De même, nous mesurons bien l'hommage inespéré que représente un oscar pour un acteur français, au point d'être encore subjugués par le fait que Jean Dujardin l'ait reçu cette année.

Mais nous sommes loin d'imaginer l'inverse, c'est-à-dire que des Français puissent être célèbres aux États-Unis tout en restant plus ou moins inconnus en France. Ainsi, connaissez-vous Daniel Boulud ? Ou Frédéric Fekkai ? Il y a fort à parier que non, car ils ont beau être français, ils sont aussi peu connus chez nous qu'ils sont réputés outre-Atlantique, où ils ont réussi à représenter l'excellence française incarnée dans le rêve américain.

Daniel Boulud est l'un des chefs les plus reconnus au pays de l'Oncle Sam. D'origine lyonnaise, il s'est envolé pour les États-Unis en 1981, après avoir fait ses classes avec Roger Vergé, Georges Blanc et Michel Guérard. Il a réussi à bâtir un petit empire en implantant ses restaurants à Palm Beach, Miami, Montréal, Vancouver, Londres, Pékin et Singapour. Sans oublier New York, où il possède une épicerie de luxe et six restaurants, dont Daniel, son célèbre trois-étoiles au guide Michelin, alors qu'il commence à peine à se faire connaître dans l'Hexagone, notamment grâce à l'émission de télévision « Masterchef » dans laquelle il est intervenu en 2011. Il faut dire que son rapport au drapeau tricolore se nourrit de son expérience américaine, et vice versa. Car, tout en se déclarant de culture complètement française, il dit avoir créé ses établissements à partir d'un point de vue new-yorkais, en cherchant à rendre accessible la haute gastronomie, comme avec son hamburger au foie gras.

Frédéric Fekkai est lui aussi devenu une superstar. Né à Aix-en-Provence de parents algériens, il est arrivé en 1979 à l'âge de 19 ans à New York, où il est considéré depuis lors comme le plus français des coiffeurs américains. Sa carrière est fantastique. D'abord styliste pour les défilés de mode et les magazines, il a ensuite ouvert des salons à Los Angeles et à New York, et a coiffé des célébrités comme Kim Basinger, Jessica Lange, Sigourney Weaver, Claudia Schiffer, Renée Zellweger, Sharon Stone et Hillary Clinton. Puis il a créé une marque de produits capillaires de luxe, rachetée en 2008 par Procter & Gamble, commercialisée dans le monde entier, et notamment en France, où il commence à peine à se faire un nom. Il gère actuellement sept salons de coiffure à New York, Los Angeles, Dallas, Greenwich et Palm Beach.

Mais il y a aussi des gloires qui se targuent d'une forme d'excellence française autoproclamée. Comme le docteur Jean-Louis Sebagh, qui s'est présenté pendant des années, à coups de programmes de télévision publi-promotionnels, comme « le célèbre médecin plasticien français derrière lequel se cachent les visages les plus célèbres de la planète, dont les cabinets de Paris et de Londres ne désemplissent pas, et qui a acquis la réputation de ne pas rendre les gens uniquement plus jeunes, mais également plus beaux ». Et c'est fort de cette notoriété française imaginaire qu'il s'est associé à Cindy Crawford pour lancer une marque de produits de beauté créés à partir d'un procédé « révolutionnaire à base d'enzymes de melon », ce qu'il explique lui-même dans les publicités, posant face caméra, un champ de lavande à l'arrière-plan… Puis il a lancé sa marque de produits cosmétiques en Belgique qui, contrairement à la France, permet aux médecins de vendre des produits à leur nom.

Les restaurants de Daniel Boulud
www.danielnyc.com

Daniel
60 East 65th Street
New York,
(212) 288-0033

Café Boulud
20 East 76th Street
New York
(212) 772-2600

Bar Boulud
1900 Broadway
New York
(212) 595-0303

Boulud Sud
20 West 64th Street
New York
(212) 595-1313

DB Bistrot Moderne
55 West 44th Street
New York
(212) 391-2400

DBGB Kitchen & Bar
299 Bowery
New York
(212) 933-5300

Bar Pleiades
20 East 76th Street
New York
(212) 772-2600

Épicerie Boulud
1900 Broadway
New York
(212) 595-0303

Les salons de coiffure de Frédéric Fekkai
www.fekkai.com

The Mark
25 East 77th Street
New York
(212) 396-4600

Henri Bendel
712 5th Avenue
Fourth Floor
New York
(212) 247-1100

Soho
394 West Broadway
Second Floor
New York
(212) 888-2600

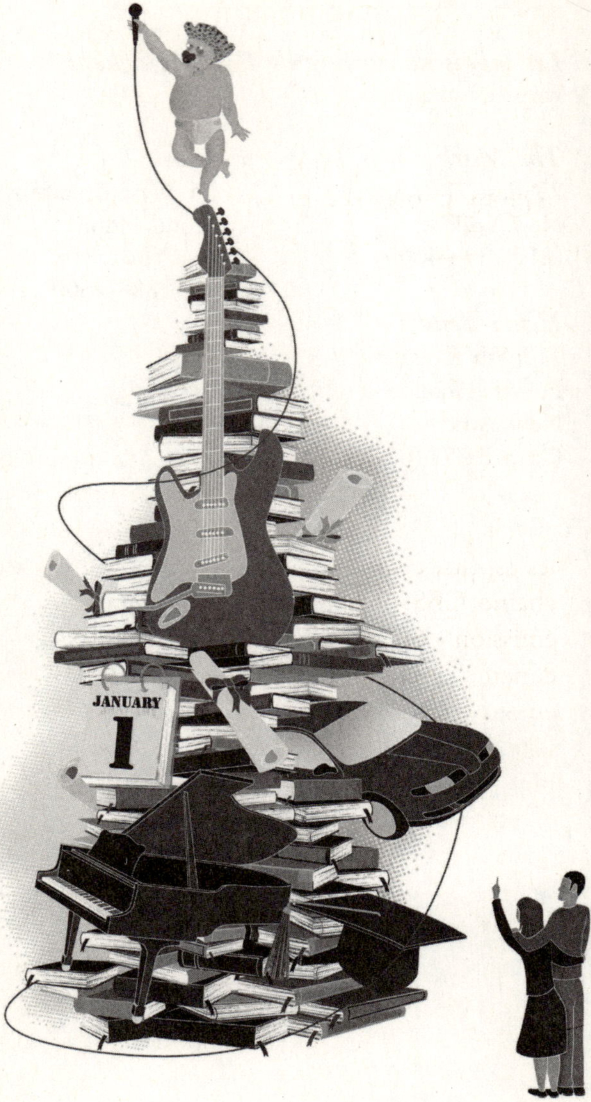
JANUARY
1

Nouveau-né cherche professeur de musique

Les parents américains sont-ils complètement fous ? Ceux de Manhattan le sont en tout cas assurément devenus sous l'effet d'une panique généralisée, celle de voir leurs enfants échouer dans un environnement de plus en plus compétitif. À l'origine de cette anxiété, un concept terrifiant s'est insinué dans tous les esprits, celui de l'« avantage cumulatif », auquel la chaîne CBS a consacré tout un reportage dans son émission « 60 Minutes ». Explication avec un exemple concret. Aux yeux des Américains, le fait pour un enfant d'être né en début d'année constitue un avantage. Il a en effet toutes les chances d'être plus grand, plus costaud et plus à l'aise que ses petits camarades de classe nés durant l'été. Par conséquent, il aura plus confiance en lui, plus de chances d'avoir des amis et de devenir un leader.

Cet avantage paraît d'abord marginal. Mais l'idée est que, loin de disparaître ou d'être compensé par d'autres facteurs, il ne fera que croître et embellir au cours de la vie scolaire de l'enfant. Car son excellence académique, cumulée chaque année de groupe avancé en groupe avancé, le conduira dans les meilleures classes, puis dans les meilleures écoles. Son avance physique, en taille et en force, l'aidera à être sélectionné dans les équipes sportives des lycées, puis des universités, ce qui lui assurera popularité et bourses d'études. Sans oublier le fait qu'étant dans les premiers à obtenir son permis de conduire, il jouira d'un réel prestige auprès de ses pairs sur son campus. Une théorie qui a convaincu tant de parents qu'elle a déjà fait de gros dégâts. Ainsi, dédaignant l'avis des enseignants, ils empêchent désormais souvent leurs enfants de quitter la maternelle à l'âge requis de 5 ans, afin de les faire entrer le plus tard possible au *kindergarten*, l'équivalent du CP.

Mais ce n'est pas tout. De plus en plus d'entre eux, affolés, sont dans les starting-blocks dès la naissance de leur enfant ou presque. La Diller-Quaile School of Music, dans l'Upper East Side, en est une des aberrantes illustrations, qui propose des cours de musique aux bébés dès l'âge de 4 mois, à raison de trois cours par semaine pour 9 000 dollars par an. Et les exemples surréalistes de cette course à l'avantage sont légion. À commencer par les modalités d'inscription aux meilleures écoles maternelles privées de la ville. Car pour obtenir un dossier d'inscription, les parents sont invités à téléphoner un jour précis de l'année, et ce jour-là seulement, à partir de 9 heures du matin. Ce qui les oblige à composer le numéro sans arrêt en espérant obtenir quelqu'un à l'autre bout du fil avant que tous les dossiers n'aient été distribués, généralement vers midi. Aussi les parents s'organisent-ils en réquisitionnant famille et amis pour former un véritable pool téléphonique chargé de prendre d'assaut le standard de l'école.

Mais leur parcours du combattant ne s'arrête pas là, car certaines écoles poussent le vice jusqu'à organiser une loterie pour tirer au sort, parmi les parents qu'ils ont eus au téléphone, ceux qui auront le droit de recevoir un dossier d'inscription. Une aubaine qu'ils devront néanmoins mériter, puisqu'il leur faudra s'acquitter de frais de scolarité de l'ordre de 17 000 à 20 000 dollars par an. Interrogés sur le sujet, les parents conviennent d'ordinaire de l'insanité de cette course à l'avantage. Mais peu d'entre eux veulent faire prendre à leur enfant le risque de ne pas y entrer. Aussi serait-il sans doute bon de rappeler que ces avantages, aussi efficaces soient-ils pour favoriser la popularité et les succès académiques des enfants, ne les préparent en rien aux difficultés de la vie, notamment professionnelle, où nombre de cancres complexés ayant une revanche à prendre sur leur enfance réussissent mieux que les premiers de la classe ou les stars de cours.

Diller-Quaile School of Music
www.diller-quaile.org

24 East 95th Street
New York
(212) 369-1484

De l'homme-sandwich à Daphne Guinness

À l'ère du tout numérique, il est étonnant de constater le nombre de commerces à New York qui utilisent encore des vraies personnes pour attirer le client. Il n'y a qu'à se balader à Midtown pour voir, figés sur le trottoir, des hommes-sandwichs équipés de panneaux publicitaires sur le dos et sur le ventre reliés entre eux par des sangles, et dont la seule tâche consiste à attirer l'attention des passants sur les loueurs de vélos, les tailleurs pour hommes, les diamantaires ou les négociants d'or dont ils portent – littéralement – les slogans. Une pratique publicitaire contestable, qui est par exemple interdite à Madrid, où l'on considère qu'elle porte atteinte à la dignité de la personne.

Mais rien de tel à New York où l'on ne s'embarrasse pas de ce genre de principes. Ainsi, du trottoir au seuil du magasin, il n'y a qu'un pas, franchi par la marque Abercrombie & Fitch qui n'a pas hésité à racoler sa clientèle en mettant systématiquement de jeunes éphèbes à moitié nus en faction à l'entrée de sa boutique de la 5e Avenue. Et ça a marché. Car la marque de vêtements vieillots – créée en

1892 – a réussi sa reconversion en marque de prêt-à-porter branchée notamment grâce à ces plantons sexy, devant lesquels ont été installés des cordons destinés à contenir une foule suffisamment intriguée par le dispositif pour s'y presser.

Et puis il y a le *living window display*, qui consiste pour les marques à installer des gens dans la vitrine de leurs magasins. Comme le fabricant de vêtements et d'accessoires de yoga Lululemon Athletica qui invite chaque week-end un nouveau professeur de yoga à faire une séance dans la devanture de son magasin de Broadway. Une pratique qui semble fonctionner tant pour la boutique que pour le professeur, dont le nom ainsi que le lieu et les horaires de cours sont indiqués en vitrine. Ou la marque de lingerie XOXO, qui a provoqué un certain émoi en 2009 en invitant deux mannequins à essayer ses modèles en vitrine. Ou encore le grand magasin Macy's, en 2011, qui a invité Mike Birbiglia, un comique connu pour ses troubles du sommeil, à dormir dans la vitrine de son magasin de la 34e Rue pour évoquer la « magie » de ses draps.

Et puis il y a Daphne Guinness, l'icône de mode anglaise, qui s'est préparée en mai 2011 pour le gala du Costume Institute dans la vitrine de chez Barneys, le grand magasin le plus branché de la ville. Refusant de se dévoiler comme une effeuilleuse du burlesque – « I'm not Dita Von Teese » –, elle s'est habillée en ombre chinoise derrière le paravent opaque d'une création à plumes du regretté Alexander McQueen, le tout en 8 minutes et quelques mouvements de bras, espérant susciter ainsi « un moment de rencontre entre l'art et la mode ». « J'espère que ça va marcher et que je ne m'évanouirai pas », a-t-elle déclaré. Elle ne s'est pas évanouie, et d'une certaine façon, ça a marché. Sans doute pas dans le registre espéré du happening artistique ; de cela, la postérité jugera. Mais grâce au tumulte créé sur Madison Avenue, où les étudiants de mode avaient le droit de l'observer depuis des gradins construits pour eux devant la vitrine, pendant que les badauds, relégués sur le trottoir d'en face, tentaient d'apercevoir à travers la circulation des écrans géants retransmettant l'événement. Et cela a marché aussi pour Daphne Guinness, qui a depuis joué les égéries pour Nars et dessiné une ligne de maquillage pour MAC. Alors, tous en vitrine ?

Lululemon Athletica
www.lululemon.com

15 Union Square West
New York
(212) 675-5286

481 Broadway
New York
(212) 334-8276

1928 Broadway
New York
(212) 712-1767

Abercrombie and Fitch
www.abercrombie.com

720 5th Avenue
New York
(212) 306-0936

199 Water Street
New York
(212) 809-9 000

110 Greene Street
New York
(212) 925-4410

Macy's
www.macys.com

151 West 34th Street
New York
(212) 695-4400

Barneys
www.barneys.com

660 Madison Avenue
New York
(212) 826-8900

Power lunch au Four Seasons Restaurant

Le Four Seasons, dans le Seagram Building (à ne pas confondre avec l'hôtel du même nom), est le restaurant le plus arrogant de la ville. Cela ne date pas d'hier. Mark Rothko, qui avait été engagé pour y peindre une série d'œuvres en 1958, en jugea l'ambiance si prétentieuse qu'il refusa, lorsqu'il le découvrit, d'y voir accrochées les toiles qu'il avait pourtant déjà créées pour le lieu, avec le but annoncé de « ruiner l'appétit de chaque "fils de pute" qui mangerait dans la pièce ». Ces œuvres sont maintenant dispersées à Londres, au Japon et à Washington, mais les « fils de pute », eux, mangent toujours au Four Seasons. Au point que c'est le lieu à propos duquel a été inventé le terme de *power lunch*.

Mais il faut dire que le restaurant est grandiose. Conçu par Ludwig Mies van der Rohe et Philip Johnson en même temps que le Seagram Building, le restaurant, ouvert en 1959, a été classé pour son design intérieur en 1989. L'expérience commence lorsqu'on arrive au rez-de-chaussée dans un vestibule en travertin où se trouvent le vestiaire et les salles de bains. Puis on monte un escalier vers une pièce gigantesque, avec une partie bar et une partie salle à manger sur deux niveaux, au plafond de laquelle flottent deux lustres, sculptures de Richard Lippold, faits de milliers de tiges en laiton. C'est le Grill Room, l'une des deux salles à manger du restaurant. Ses murs sont tapissés de panneaux de noyer d'un luxe extravagant et ses fenêtres de 6 mètres de haut, couvertes de festons de chaînes de laiton et de cuivre argenté, laissent entrer la lumière le jour et sont opaques la nuit. Une idée suscitée par le règlement de la ville de New York qui interdit le recours aux matériaux inflammables tels que le tissu, mais qui surprit néanmoins ses inventeurs en ondulant de façon continue, comme une cascade au ralenti, sous l'effet de la différence de température entre l'intérieur et l'extérieur du bâtiment, ce qui, heureusement, ne provoque pas de nausées chez les clients.

Il faut emprunter un large couloir, décoré d'un rideau de scène créé par Picasso pour un ballet de Diaghilev, pour accéder au Pool Room, la deuxième salle à manger, au centre de laquelle se trouve une piscine en marbre blanc de Carrare, encadrée de quatre arbres, emblèmes du restaurant, qui changent de couleur à chaque saison, rose au printemps, vert l'été, rouge l'automne et brun l'hiver, tout comme les assiettes, les menus et les uniformes des serveurs.

Entre les deux salles à manger, la concurrence a toujours été féroce. L'avantage a longtemps été donné au Grill Room, où JFK a fêté ses 45 ans avec 400 invités, dont Marylin Monroe. Incontournable, comme le Harry's Bar de Venise, il fonctionne encore largement aujourd'hui comme un club privé, avec une aristocratie d'habitués et les épineux problèmes de préséance et de plans de table qui en découlent. Quand il ne s'agit pas de mode, comme celle de la mezzanine, longtemps considérée comme la « Sibérie » du restaurant, qui fut remise au goût du jour par Edgar Bronfman Junior, avec sa table n° 45.

Mais après 20 ans dans l'ombre du Grill Room, le Pool Room semble faire un come-back. Ainsi André Leon Talley, le flamboyant critique de mode, a-t-il déclaré que le Grill Room appartenait au passé. « Non pas l'architecture, bien sûr, mais les vieux crocodiles du pouvoir qui en ont fait leur QG. Le Pool Room est sublime, même avec ses faux cerisiers du Japon ; j'adore l'eau bouillonnante de sa piscine. Le Grill est très années 1980, alors que le Pool Room, c'est le XXIe siècle. »

Mais au-delà de la rivalité de ses salles à manger, la particularité du Four Seasons est que son architecture grandiose attire, tous clans confondus, l'ensemble des gens qui comptent dans la ville, qui sont d'ordinaire répartis par milieu ou par profession dans différents restaurants. Néanmoins, et puisque je donne ici mon avis, j'accorderai un léger avantage au Pool Room, qui présente l'avantage exquis de servir d'office à la fin du repas une montagne de 90 cm de haut de barbe à papa.

Four Seasons Restaurant
www.fourseasonsrestaurant.com

99 East 52nd Street
New York
(212) 754-9494

L'ENFER DE LA CHARITÉ

En dotant sa fondation, Bill Gates a distribué 95 % de sa fortune pour venir en aide aux plus démunis. Une démarche aussi admirable qu'inédite dans ses proportions, mais qui n'a rien d'étonnant. Aux États-Unis, l'altruisme est obligatoire. Chacun choisit la cause à laquelle il va consacrer son temps, son énergie et son argent. Il y a une bonne raison à cela : l'État ne pourvoit pas, comme en France, à la bonne marche des hôpitaux, des écoles, des universités, de la recherche médicale, ou de l'aide aux défavorisés. Et cette tradition civique est encouragée par l'administration fiscale qui rend ces donations en partie déductibles des impôts.

Mais cette générosité, aussi utile et remarquable soit-elle, n'en constitue pas moins une plaie de la vie quotidienne à New York. Il suffit de lire la page du *New York Times* consacrée aux soirées de charité pour le comprendre. 14 mai : dîner de 4 000 personnes pour la Fondation Robin Hood. Fonds levés durant la soirée : 57 millions de dollars, avec des tables à 250 000 dollars. Mais aussi : gala pour l'ouverture de la saison de l'American Ballet Theatre. 15 mai : réception donnée par la Fondation MetLife en l'honneur de trois chercheurs spécialisés dans la maladie d'Alzheimer, mais aussi…

Pourquoi y aller ? me direz-vous. Eh bien, la question est plutôt comment faire autrement ? Explication. À moins d'être chômeur de longue durée ou particulièrement asocial, il y a de fortes chances, si vous habitez New York, pour que vous ayez vous-même choisi de défendre une cause. Et il y a fort à parier que l'organisme auquel vous contribuez soit doté d'une équipe chargée de lever du capital, ce qu'elle fait de façon pugnace et systématique en approchant des mécènes potentiels (peu de gens, à qui on demande beaucoup d'argent), et en organisant une soirée payante par an pour lever des fonds supplémentaires (beaucoup de gens, à qui on demande peu d'argent). Or, le moins que vous puissiez faire alors est d'assister à ce *benefit*. Jusque-là, tout va bien. Après tout, chacun fait ce qu'il veut de ses soirées, y compris les choses les plus assommantes.

Mais là où ça se corse, c'est que l'institution, se contentant rarement du fait que vous achetiez un seul billet, vous suggère fortement de former une table de dix personnes. Dans ce cas, vous pouvez inviter des amis ou leur demander de payer leur place à votre table, mais cela implique dans tous les cas que vous les embrigadiez pour une soirée, sans doute prestigieuse, mais aussi très guindée, et la plupart du temps à périr d'ennui. Alors, il va sans dire que lorsqu'ils vous feront le même coup pour leur propre *benefit*, il vous sera bien difficile de refuser. Et comme vous aurez sollicité huit ou neuf personnes, faites le compte du nombre de soirées où vous serez obligé de vous rendre dans l'année, et du budget qu'il vous faudra y consacrer, considérant que le prix de la place à table (en grande partie déductible de vos impôts) tourne autour de 1 500 dollars, mais qu'il peut grimper à 25 000 dollars, par exemple pour le fameux gala du Costume Institute au Metropolitan. Aussi, vous l'aurez compris, le problème n'est pas tant votre générosité que celle des autres. Ou plutôt le fait que les organismes, exigeant sans cesse des garanties de votre engagement, vous obligent à un certain prosélytisme, qui fait qu'en matière d'altruisme tout le monde se tient par la barbichette.

Et ne croyez pas que ce petit jeu reste cantonné au cercle restreint de vos proches. Car dès que vous rencontrez quelqu'un à qui vous donnez vos coordonnées, un médecin auquel vous vous plaignez de vos rhumatismes, un client auquel vous voulez vendre un produit, un nouvel ami avec lequel vous projetez d'aller au cinéma, il y a de fortes chances que vous receviez assez vite de leur part une « invitation » à contribuer à leur *charity*. Et il va sans dire que vous avez intérêt à le faire, en tout cas si vous voulez continuer à leur vendre des choses, à aller au cinéma ou à être reçu en urgence pour un problème médical... Un enfer, je vous dis.

MISSING
HAVE YOU SEEN THESE?

Recherche fruits et légumes désespérément

New York n'a rien d'un « désert alimentaire », puisque le terme consacré désigne un lieu dépourvu d'accès aux produits frais à 1,6 kilomètre à la ronde, dont les habitants sont réduits à se nourrir des snacks et des boissons sucrées disponibles dans les stations d'essence, et ils sont nombreux aux États-Unis, répertoriés sur des cartes établies notamment par le United States Department of Agriculture. Ici, on trouve nombre de supermarchés et de marchés fermiers regorgeant de fruits, de légumes et de lait frais. Mais il suffit de faire un tour dans les supermarchés de Manhattan, le plus riche et le mieux approvisionné des cinq *boroughs*, pour comprendre à quel point l'offre de nourriture est médiocre.

La plupart des enseignes, comme Gristedes ou Food Emporium, vous font regretter d'avoir traversé l'Atlantique : leurs magasins sont sales, ils sentent mauvais. Leurs fruits et légumes sont dépourvus de goût et pourrissent sans avoir jamais mûri. Quant à la viande sous plastique, elle n'a de viande que le nom.

Sans doute n'est-ce là que l'opinion d'une expatriée nostalgique des marchés français où l'on vous demande encore avec l'accent : « Vous le voulez pour quelle heure, votre melon ? », ne tenant pas compte du fait que l'offre de produits de qualité baisse aussi en France, notamment pour des raisons économiques. Mais au moins les consommateurs français conservent-ils encore un critère de sélection des aliments fondé sur le goût et le plaisir qu'ils procurent. Ce n'est pas le cas à New York, où la réponse à la médiocrité alimentaire n'est que diététique. Aussi, l'offre d'aliments haut de gamme met-elle l'accent sur la valeur nutritionnelle et la santé, favorisant ainsi les produits bio, macrobiotiques ou végétariens. Qui ne s'est pas retrouvé au premier étage du supermarché Fairway au rayon graines ne sait pas ce que représente le désarroi diététique d'une Française qui veut simplement bien manger.

Du coup, New York a beau être la ville la plus sophistiquée des États-Unis, y trouver des produits de qualité, ayant du goût sans être ruineux, relève du parcours du combattant. Un parcours qui me mène de magasins bio comme Whole Foods ou Fairway au marché d'Union Square, à l'autre bout de la ville, en passant par les épiceries de luxe comme Citarella ou Zabar's, dans l'Upper West Side, que l'on me félicite régulièrement d'habiter en me disant : « Ah ! Vous avez de la chance, vous êtes tout près des magasins d'alimentation ! » Ce qui en dit long sur la pauvreté de l'offre en la matière.

Whole foods
www.wholefoodsmarket.com

95 East Houston Street
New York
(212) 420-1320

10 Columbus Circle
New York
(212) 823-9600

808 Columbus Avenue
New York
(212) 222-6160

Citarella
www.citarella.com

424 6th Avenue
New York
(212) 874-0383

2135 Broadway
New York
(212) 874-0383

1313 3rd Avenue
New York
(212) 874-0383

Fairway market
www.fairwaymarket.com

240 East 86th Street
New York
(212) 327-2008

2328 12th Avenue
New York
(212) 234-3883

2127 Broadway
New York
(212) 595-1888

Zabar's
www.zabars.com

2245 West 80th Street
New York
(212) 787-2000

CURVES, LA GYM POUR LES GROSSES

Leur slogan officieux ? « Aucun maquillage, aucun mec et aucun miroir. » Curves, ou « courbes » en français, est une société de remise en forme physique qui a été créée en 1992 par un couple d'Américains, Gary et Diane Heavin. Leur concept est novateur, car il s'adresse à un public inédit : les femmes actives de plus de 35 ans mal à l'aise dans les salles de sport traditionnelles, autrement dit les vieilles et/ou les grosses.

Une cible que les autres salles de sport ont peut-être eu tort de négliger, puisque Curves est devenue la plus importante société franchisée de remise en forme du monde avec près de 10 000 centres et plus de 4 millions de membres, au point de compter une franchise Curves pour 2,5 franchises McDonald's aux États-Unis et au Canada.

Mais il faut dire que Curves propose une séance d'entraînement de 30 minutes aussi efficace qu'une séance traditionnelle de 90 minutes. Le principe ? Un circuit de 14 machines qui font travailler les principaux groupes musculaires les uns après les autres, entre lesquelles sont intercalées des stations, dites de récupération, où l'on court sur place pour faire du cardio-training. Une ronde, au sens propre du terme, puisque les machines sont disposées en cercle, dans laquelle on entre pour changer de position toutes les 30 secondes en alternant machine et station de récupération, ce qui permet, semble-t-il, de brûler jusqu'à 500 calories par séance.

Les avantages ? Pour le client, la simplicité. Car il n'y a aucune question à se poser sur la machine à utiliser : vous êtes guidé par une voix pré-enregistrée qui vous indique le moment où il faut en changer. Et pour le franchisé, le rendement : le circuit nécessite peu d'espace, et avec un temps de présence limité à 30 minutes, il permet, à taille de salle égale, d'accueillir davantage de clients qu'un club traditionnel.

Le paradoxe pour ce géant américain de la remise en forme ? Il y a plus de centres Curves à Paris, où il en existe trois – dans le Xe, le XIIe et le XVe arrondissements –, qu'à Manhattan où le prix des loyers l'a limité à son seul centre de Times Square. C'est quantité négligeable comparé aux studios de yoga qui pullulent dans la ville. Mais en même temps… New York est-elle l'endroit idéal pour bannir les miroirs, le maquillage et la compagnie des hommes ?

Curves
www.curves.com

36 West 34th Street
New York
(800) 704-5908

Les clubs traditionnels

La société américaine a beau réfuter avec vigueur le concept de classes sociales issu du Vieux Monde, et notamment de l'aristocratie anglaise, elle passe son temps à s'en inspirer. Aussi faire partie d'un club huppé est-il un élément important du statut social à New York, qui est une ville plus traditionnelle et conservatrice qu'il n'y paraît. Et suivant le milieu dans lequel vous évoluez, le comble du chic consistera donc à faire partie du Doubles, un club-restaurant situé au sous-sol de l'hôtel Sherry-Netherland, du Brook ou du Harvard Club.

La preuve ? Alors que la crise a eu raison du Beauchamp Club de Londres, qui vient de fermer, il est toujours aussi difficile d'entrer dans les clubs de New York, où les postulants continuent de se presser, faisant état de leurs relations, de leurs diplômes ou de leur arbre généalogique pour faire valoir leur candidature. Et cela malgré les règles strictes, désuètes et parfois ahurissantes qui y ont cours.

Ainsi, la mixité n'y va pas du tout de soi. Car bien que les vénérables Metropolitan Club et Century

Association soient ouverts aux femmes depuis une vingtaine d'années, l'Union Club – le plus ancien club privé de New York, fondé en 1834 –, le Brook et le Knickerbocker sont strictement réservés aux hommes, de même que le Colony et le Cosmopolitan sont exclusivement féminins.

La diversité n'y est pas non plus à l'ordre du jour, dans la mesure où les juifs sont, aujourd'hui comme hier, le plus souvent interdits de cité dans les clubs wasps. Ils ont donc fondé leur propre club en 1852, l'Harmonie Club, qui compte de nos jours environ 1 000 membres, principalement juifs. Le maire de la ville en a démissionné juste avant de se présenter aux élections pour protester contre son communautarisme, bien que les dirigeants de l'Harmonie soutiennent que l'absence de diversité parmi leurs membres résulte non d'une quelconque discrimination de leur part, mais du fait que les non-juifs ne cherchent tout simplement pas à adhérer au club.

Quant à la décontraction, elle y est très malvenue. Le *dress code* impose veste, chemise et cravate pour les hommes, et jusqu'à très récemment les jupes pour les femmes ; il n'autorise les tenues de sport que si les membres se rendent directement à la salle de sport en passant par l'entrée de service.

De plus, jugeant implicitement vulgaire tout lien avec la vie professionnelle, ces clubs tiennent à demeurer un lieu de détente. Du coup, les téléphones portables, les ordinateurs et parfois même les blocs-notes, considérés comme suspects, en sont bannis. Enfin, la confidentialité y est obligatoire. Impossible pour un membre de communiquer à un tiers la liste de ses pairs ou même, dans le cas de l'University Club, d'en faire la moindre mention dans la presse. Quant au Knickerbocker, il pousse le souci de discrétion jusqu'à ne pas avoir de site web.

Mais une fois posées toutes ces règles, qu'est-ce qu'on y fait ? me demanderez-vous. Eh bien, on fait du sport, dans une salle de squash, de gym ou une piscine. On y dort, dans des chambres confortables, comme à l'University Club qui en propose une centaine à moins de 100 dollars la nuit, très populaires auprès de ses membres de passage à New York, pour la plupart professeurs d'université. On y consulte des ouvrages dans des bibliothèques souvent magnifiques. On y prend ses repas dans des salles à manger, où s'organisent facilement des réceptions de toutes sortes, et on assiste à des soirées cinéma dans leurs salles de projection. Mais l'activité principale de ces clubs demeure la conversation. Et leur intérêt majeur, le prestige d'en faire partie. Un prestige d'autant plus grand que les droits d'adhésion et les cotisations sont abordables – de l'ordre de 2 000 à 5 000 dollars par an – et ne font que souligner l'indifférence à l'argent qui, bien qu'affectée, n'en est pas moins la caractéristique de toute haute société.

Clubs traditionnels

— ***Doubles***
www.doublesclub.org

783 5th Ave # 414
New York
(212) 751-9595

— ***Harvard Club of New York City***
www.hcny.com

35 West 44th Street
New York
(212) 840-6600

— ***Metropolitan Club***
www.metropolitanclubnyc.org

1 East 60th Street
New York
(212) 838-7400

— ***Century Association***
www.thecentury.org

7 West 43rd Street
New York
(212) 944-0090

— ***University Club of New York***
www.universityclubny.org

1 West 54th Street
New York
(212) 247-2100

— ***Harmonie Club***
www.harmonieclub.org

4 East 60th Street
New York
(212) 355-7400

Clubs réservés aux hommes

— ***Union Club***
101 East 69th Street
New York
(212) 734-5400

— ***Knickerbocker***
807 5th Avenue
New York
(212) 838-6700

— ***Brook Club Inc.***
111 East 54th Street
New York
(212) 753-7020

Clubs réservés
aux femmes

— ***Colony Club***
564 Park Avenue
New York
(212) 838-4200

— ***Cosmopolitan Club***
www.cosclub.com

122 East 66th Street
New York
(212) 734-5950

LE MATIN À LA TÉLÉVISION

Tous les matins à New York, je suis face au même dilemme. Vais-je me comporter en expatriée bien intégrée et regarder CBS, ABC, CNN ou Bloomberg, ainsi que la météo de New York en degrés Fahrenheit que je suis toujours incapable de convertir en Celsius ? Ou vais-je me laisser aller à regarder « Télématin » sur TV5 Monde, qui passe à 6 h 40 entre les nouvelles africaines et les nouvelles belges ? L'émission est en effet si française, si immuablement optimiste et rassurante qu'elle me permet d'émerger du sommeil en douceur et dans ma langue maternelle avant d'affronter l'énergie brutale et bruyante de la ville.

Mais l'émission est aussi trop française pour ne pas constituer un plaisir vaguement coupable, qui me plonge dans une forme de nostalgie d'une réalité très éloignée de ma vie actuelle. Que faire en effet de la météo de l'Hexagone qui, bien qu'exprimée en degrés Celsius, ne m'aide en rien à choisir mes vêtements de la journée ? Et puis – quelqu'un pourrait-il relayer ce message auprès de William Leymergie ? – l'émission, réduite à un format de 50 minutes, est montée n'importe comment.

Car Leymergie y est parfois coupé au beau milieu de ses phrases, comme si le monteur cherchait à faire entrer de force l'émission française dans le format américain, tel un pied dans une chaussure trop petite. Pourtant, en même temps, on a souvent droit – va-t-on savoir pourquoi ? – à la diffusion de la même rubrique deux fois de suite à 20 minutes d'intervalle, comme si l'émission française était trop brève pour meubler les 50 minutes du format américain. Aussi faut-il vraiment être fan, comme moi, pour regarder l'émission jusqu'au bout, à 7 h 30, heure à laquelle je zappe sur le nouvel équivalent américain de « Télématin », où ce genre de couacs n'est pas près de se produire.

« CBS This Morning » a été mis en place en janvier par la chaîne CBS, plus réputée pour son fameux magazine de reportages « 60 Minutes » et ses talk-shows de fin de soirée, présentés par David Letterman et Craig Ferguson, que pour sa case du matin qui n'a jamais vraiment convaincu. Aussi vient-elle d'être repensée, notamment en vue des prochaines élections. Diffusée de 7 à 9 heures, elle est maintenant animée par Charlie Rose, le double américain de William Leymergie. Même tranche d'âge (bien que Rose soit plus âgé), mêmes poches sous les yeux (bien pires chez Charlie Rose, mais je suis de parti pris), même prestance (tous deux sont grands et minces), même longévité professionnelle (Rose a une longue carrière d'intervieweur), même aisance résultant d'un mélange de hauteur de vue et de nonchalance.

Mais là où Leymergie fait chef de bande, entouré de chroniqueurs divers, hommes et femmes, traditionnels ou branchés, homos ou hétéros, jeunes ou vieux, jolies filles ou non, jardiniers et intellos, Charlie Rose, lui, se réserve les sujets importants et sérieux, et délègue les sujets légers, frivoles et racoleurs à une trentenaire très comme il faut et à une dame patronnesse afro-américaine d'une cinquantaine d'années avec lesquelles il partage le plateau de télévision. Elles parlent de leur mari, de leurs enfants, moralisent et rivalisent de bon sens et de bons sentiments, tout en restant à leur place assignée de faire-valoir. Ce qui en dit long sur les stéréotypes américains concernant les hommes et les femmes. Décidément, je préfère Leymergie.

Le divorce à l'américaine

Le moins qu'on puisse dire est que le divorce à l'américaine ne se décide pas à la légère. Katie Holmes vient d'en faire l'éclatante démonstration. D'où ce petit cours à l'intention d'éventuels apprentis. Car le divorce commence avant le mariage avec le *prenup*. Essentiellement destiné à éviter aux nantis de se plier à la règle commune de la plupart des États en matière de divorce, à savoir le partage à 50/50 de la fortune des époux, ce contrat facultatif énonce les termes d'une éventuelle séparation – le versement par Tom Cruise de 3 millions de dollars par année de mariage à Katie Holmes en est un exemple –, à l'exception toutefois de ce qui concerne les enfants, qu'il s'agisse de l'attribution du droit de garde, de visite, ou du calcul de la pension alimentaire.

Mais le *prenup* permet également au conjoint fortuné de manier la carotte et le bâton, grâce à des articles tels que la *sunset clause*, qui prévoit les conditions de sa propre annulation, et donc le droit au jackpot de la moitié de la fortune du conjoint au bout d'un certain nombre d'années de mariage (11 ans pour

Katie Holmes) et d'autres plus mesquins, spécifiant par exemple que le conjoint à l'origine de la séparation ne touchera pas un centime, ce qui est là encore le cas de Katie Holmes.

Un jeu d'amendes et de récompenses, destiné à motiver son partenaire, et qui peut aller jusqu'à contaminer tout le mariage en établissant dans la vie quotidienne un barème de sanctions financières. Ainsi pour punir l'infidélité, ou la prise de poids, l'incartade peut par exemple être évaluée à 100 000 dollars, et le gramme de trop à 1 dollar. L'histoire ne dit pas si c'étaient les tarifs retenus par Michael Douglas, sex-addict notoire, et Catherine Zeta-Jones, connue pour sa tendance à l'embonpoint, dans l'accord qu'ils sont censés avoir passé à ce sujet. Mais ce jeu peut donner lieu à des clauses encore plus insensées, comme le droit de tester son conjoint à l'improviste, tel un coureur cycliste, pour voir s'il est dopé à l'EPO ou à autre chose, la limitation du nombre de matchs de football qu'il est autorisé à regarder, ou la garantie de ne pas partir en vacances avec sa belle-mère.

Après le *prenup*, le divorce. Et si le premier s'était joué cartes sur table, la procédure en elle-même se prépare en douce. En tout cas dans sa phase initiale, consistant pour l'instigateur du divorce à déposer au tribunal un dossier sur la situation de son couple et ses revendications, avant d'en remettre un résumé officiel à son conjoint, qui devra le signer pour que la procédure puisse démarrer. Le procédé, appelé *serve the papers*, qui est utilisé par le droit anglo-saxon dans toutes sortes de litiges, peut sembler un peu abrupt pour informer son conjoint de sa volonté de divorcer. Mais l'effet de surprise qui l'accompagne donne souvent une longueur d'avance bienvenue à l'initiateur du divorce.

La tâche, pourtant simple a priori, de remettre des papiers à quelqu'un en main propre, peut en effet s'avérer plus ardue qu'il n'y paraît. Voyez le mal que s'est donné le milliardaire russe Boris Berezovsky pour *serve the papers* à son ex-associé Roman Abramovitch afin de l'assigner au tribunal. Il lui a fallu un sacré coup de chance, après des mois de vaines tentatives pour déjouer son service de sécurité et enfin le coincer dans une rue de Londres. Il se trouvait en effet dans une boutique Dolce & Gabbana lorsqu'il a aperçu Abramovitch qui faisait du lèche-vitrine. Il s'est alors précipité sur lui après s'être rué dans sa voiture pour récupérer les papiers qu'il y gardait toujours à portée de main.

Mais il n'est pas besoin d'être russe ni milliardaire pour vouloir échapper à une procédure coûteuse aux conséquences ruineuses comme un divorce à l'américaine. Et les histoires de conjoints ayant pris le maquis pour cela sont légion. D'où la possibilité légale d'engager un détective privé ou un shérif, susceptible de mettre la main sur le conjoint récalcitrant, et habilité à certifier officiellement que les papiers ont été remis. Pourtant, si rien de tout cela n'a fonctionné, et que le fugitif demeure introuvable, il reste encore une solution : la publication de la pétition de divorce dans un journal de la région où le conjoint est censé se trouver. Après quoi, et malgré l'absence de ce dernier au tribunal, la procédure peut enfin commencer. Ouf !

LES CANDIDATS M'ÉCRIVENT

Ça y est, je viens encore de recevoir un mail de François Hollande. Et je commence à saturer. Bien sûr, au début j'ai été vaguement flattée de me voir adresser des missives de Nicolas Sarkozy ou de François Bayrou. Mais point trop n'en faut. Jugez plutôt. François Hollande m'a écrit le 29 mars, puis à nouveau le 4 avril, mais il ne m'a pas laissée sans nouvelles entre-temps, puisque Pierre Moscovici m'a sollicitée de sa part le 1er et le 6 avril. Bayrou, lui, ne m'a écrit qu'une seule fois, le 30 mars. Alors que Sarkozy s'est carrément déchaîné avec un mail le 25 mars, un autre le 5 avril, précédés de deux mails de son équipe datés des 16 et 26 mars, ainsi que d'un mail de Jean-François Copé le 21 février, histoire d'en remettre une louche.

Bien entendu rien de tout cela ne m'est particulièrement réservé. Et ces mails sont parvenus également aux 2,5 millions de Français de l'étranger, qui n'ont pas accès à la campagne menée par les candidats à l'élection présidentielle par le truchement habituel de la radio et de la télévision.

Et comme, pour la première fois cette année, les Français établis hors de France vont élire leurs propres députés après l'élection présidentielle, avec onze sièges à pourvoir, dont un pour le Canada et les États-Unis, j'ai aussi des mails de Corinne Narassiguin, Richard Ortoli et Julien Balkany, qui depuis Noël se rappellent périodiquement à mon bon souvenir. Leurs vœux de fin d'année débutent invariablement par « chers compatriotes » ou « cher concitoyen, chère concitoyenne », et ils poussent souvent la délicatesse jusqu'à passer sous silence leur couleur politique.

En tout cas Richard Ortoli, conseiller à l'Assemblée des Français de l'étranger, qui a choisi comme motif des branches de houx vert et rouge, et Julien Balkany, dont l'en-tête, une animation de ballons et de paquets-cadeaux qui passent du bleu-vert au rouge et au jaune, m'ont laissée un peu dubitative. Car Corinne Narassiguin, elle, a tout de même orné sa lettre d'information d'une rose stylisée. Et c'est peu dire que ces candidats aux élections législatives me donnent de leurs nouvelles. De Corinne, j'ai reçu un mail en décembre et deux en février ; de Richard, trois mails en août, décembre et février, et de Julien, cinq messages, dont deux au mois de mars. Mais il y a aussi des correspondants plus discrets, comme Philippe Manteau, le candidat de « l'Union au centre », qui ne m'a envoyé qu'un seul mail. Comme François Bayrou. Est-ce un effet de la modération centriste ? Mais cette thèse s'effrite d'elle-même, Marine Le Pen s'étant également contentée d'un seul message.

Et puis il y a ceux qui ne m'ont donné aucune

nouvelle. Jean-Luc Mélenchon, Éva Joly, Jacques Cheminade, Nicolas Dupont-Aignan, Philippe Poutou, Nathalie Arthaud. Pourquoi ne m'ont-ils pas écrit ? Ils m'ont zappée ou quoi ? J'ai un doute, surtout depuis que des amis français de New York, avec lesquels j'en discutais, m'ont affirmé recevoir des mails de Frédéric Lefebvre, secrétaire d'État chargé du Commerce, de l'Artisanat, des PME, du Tourisme, des Services, des Professions libérales et de la Consommation, candidat officiel de Sarkozy aux législatives dans la circonscription des Français d'Amérique du Nord ; alors que moi, rien. Je me demande ce que je lui ai fait.

Mais tout ça va se régler très simplement. À New York, le scrutin de l'élection présidentielle se tiendra au consulat de France sur la 5e Avenue, entre la 74e Rue et la 75e Rue, le samedi 21 avril et le samedi 5 mai 2012, et de celui de l'élection législative le samedi 2 juin et le samedi 16 juin, c'est-à-dire un jour avant la métropole pour les présidentielles, et huit jours avant pour les législatives. On verra bien la stratégie épistolaire qui se sera avérée payante.

DE L'ART D'ACHETER UN DISTRIBUTEUR AUTOMATIQUE

L'Amérique sait décidément mettre le capitalisme à portée de tous. La preuve ? Les distributeurs automatiques de billets peuvent appartenir à des personnes comme vous et moi. Pourquoi faire ? Rapporter de l'argent, bien sûr. Non, vous ne rêvez pas. Explications.

Bien sûr, comme en France, les guichets automatiques ou ATM, *Automated Teller Machine*, sont le plus souvent la propriété des banques et se trouvent alors dans leurs succursales. Mais aux États-Unis, il y en a aussi dans les supermarchés, les stations-service, les cinémas, les bars ou les restaurants. Dans ces cas-là, ils sont presque toujours la propriété de particuliers. C'est un bon plan, semble-t-il. Car l'investissement de départ est faible : pas besoin d'un local, ni d'une boutique à louer. Pas non plus besoin de stock, ni d'employés. On peut gérer le distributeur en ligne, de chez soi. Et il rapporte un profit fixe et garanti sur chaque transaction. Ce qui fait que l'on rentre dans ses frais en six mois ou un an. On peut donc commencer avec un guichet et, si ça marche, les multiplier comme des petits pains. Alors ça y est, vous êtes tentés ? Voici quelques conseils pour vous lancer dans le business :

1 – Commencez par trouver un bon emplacement pour votre distributeur, c'est-à-dire un lieu où il y a du passage, des employés payés au pourboire et où l'on règle en liquide, comme un bar ou un restaurant avec un voiturier. De nombreux emplacements sont déjà pris, mais il en reste encore beaucoup de libres. Il suffit alors de s'entendre avec le commerçant en question en lui demandant s'il souhaite un guichet automatique gratuit. Mais si vous n'êtes pas sûr de trouver l'endroit adéquat, vous pouvez aussi vous lancer en franchise et vous laisser guider dans cette étape. Certes, il vous en coûtera une commission prélevée sur vos profits, mais cela peut se révéler plus judicieux que d'acquérir un distributeur mal situé où personne ne retirerait d'argent, et qui ne vous rapporterait aucun revenu.

2 – Faites un business plan qui prend en compte l'état de vos finances. Déterminez le modèle de guichet que vous voulez acheter. Leur prix varie entre 3 000 et 6 000 dollars. Mais vous pouvez aussi le louer pour une centaine de dollars par mois. N'oubliez pas de comptabiliser les éventuels frais de réparation.

3 – Choisissez alors l'organisme, l'*Independent Sales Organization*, qui assurera vos transactions, avec lequel vous signerez un contrat d'une durée comprise entre un et quatre ans.

4 – Décidez qui va nourrir en espèces votre guichet automatique. Vous pouvez le faire vous-même, c'est la solution la plus rentable. Mais vous pouvez

aussi vous adresser à une banque qui vous fournira ce cash à un taux qu'il vous reste à négocier, ou vous pouvez encore l'emprunter au commerçant chez lequel vous l'installez. Mais sachez que si votre distributeur exige un réassort d'espèces fréquent et important, par exemple s'il se trouve dans la rue, vous devrez sans doute faire appel à des gardes armés pour le réapprovisionner.

5 – Déterminez les assurances à souscrire pour couvrir les risques du guichet et des espèces. Ainsi que le rythme des visites à rendre à votre distributeur, que vous apprendrez à gérer à distance à l'aide d'un programme informatique qui vous coûtera environ 200 dollars.

6 – Enfin, surveillez vos relevés bancaires, et réjouissez-vous. Car désormais, c'est vous qui toucherez les frais de transactions bancaires occasionnés par les retraits d'espèces des utilisateurs de votre distributeur.

Le destin des restaurants à la mode

Petite altercation au Crown hier soir. Un vieux monsieur barbu de très mauvaise humeur a entrepris d'insulter le charmant monsieur français qui tient l'accueil. Il faut dire que le restaurant, qui a fonctionné plus ou moins comme un club privé pendant six mois, est pris d'assaut maintenant qu'il est ouvert aux réservations. Est-ce la pénurie de restaurants dans l'Upper East Side ? La topographie du Crown, dont la minuscule entrée, à l'étage noble d'un *town house* rutilant, fait goulot d'étranglement avant le bar étroit qui débouche sur les deux salles du restaurant ? Ou l'inéluctable destin des restaurants à la mode… avant qu'ils ne passent de mode ?

La dernière hypothèse pourrait être la bonne, car le Crown de John DeLucie, ainsi que The Lion, son frère jumeau dans le West Village, ont bel et bien détrôné les ultra snobs Waverly Inn et Monkey Bar de Graydon Carter, le rédacteur en chef de *Vanity Fair*, où il y a peu encore dînaient des gens comme Mick Jagger, Beyoncé, Jay-Z, et autres Kim Kardashian, comme si un tandem de restaurants devait obligatoirement en chasser un autre. La preuve ? Les numéros de téléphone du Monkey Bar et du Waverly Inn ne se transmettent plus sous le sceau du secret entre *happy few*, tels de précieux sésames : ils figurent désormais dans l'annuaire.

Dépassées, les fresques d'Ed Sorel figurant les personnalités des arts et du spectacle de la ville qui constituaient une sorte de marque de fabrique des deux restaurants. Démodés, l'assiette de macaronis au fromage aux truffes à 55 dollars, les banquettes de skaï rouge, le décor de taverne de village anglais du Waverly Inn et celui d'amphithéâtre du Monkey Bar, qui sont tous les deux désormais condamnés à offrir une cuisine de « vrais » restaurants.

Ce sera bientôt également le cas du Crown, qui fait pour l'instant un malheur avec son « *comfort food* pour milliardaires » à 100 dollars par personne et son décor de club anglais revu et corrigé à la sauce minimaliste. L'heure est aux photos noir et blanc, aux piles de livres anciens, aux cierges dans les cheminées, aux murs gris souris, aux tableaux contemporains et à une obscurité de boîte de nuit modulée par les lampes de tables, qui donnent judicieusement à voir qui est qui d'une table à l'autre, mais éclairent malheureusement d'une lumière blafarde.

À moins bien sûr que le scénario ne se répète ainsi – avec un restaurant bondé où il est impossible d'entrer sans montrer patte blanche, malgré une avalanche de critiques désastreuses qualifiant la nourriture d'ennuyeuse et chère –, parce que c'est encore DeLucie qui est à la commande. Car avant d'être le chef et propriétaire du Crown et du Lion, il n'était autre que le chef du Waverly Inn.

Crown
www.crown81.com

24 East 81st Street
New York
(646) 559-4880

The Lion
www.thelionnyc.com

62 West 9th Street
New York
(212) 353-8400

Waverly Inn
www.waverlynyc.com

16 Bank Street
New York
(917) 828-1154

Monkey Bar
www.monkeybarnewyork.com

60 East 54th Street
New York
(212) 308-2950

I
NY

Tous en baskets

Pourquoi tant de New-Yorkais portent-ils des chaussures de sport ? C'est d'autant plus frappant que les hommes, dans la rue, ont des styles, des origines et des morphologies plus variés que dans aucune autre ville au monde. Or, à l'exception de quelques gentlemen en costume-cravate et des inévitables fashionistas en talons aiguilles, tous les piétons – enfants, adolescents, femmes, qui portent d'ailleurs souvent des escarpins dans leurs sacs, ou hommes de tous âges, y compris le plus avancé – se promènent en baskets, comme s'ils s'apprêtaient à entamer une randonnée. Pourquoi ? Hypothèses.

1 – Les chaussées de la Big Apple sont défoncées et dangereuses ? Vrai. Il semble en effet que le climat rigoureux de New York dégrade le revêtement de ses routes qui fondent en été et se creusent de nids-de-poule en hiver. Ce qui rend sans doute les chaussures de ville inadaptées.

2 – On marche plus à New York qu'ailleurs ? Faux. Le métro fonctionne 24 heures sur 24 et 7 jours sur 7. Et les stations sont distantes les unes des autres

d'environ 10 blocs, c'est-à-dire 800 mètres. Le ticket, qui coûte 2,50 dollars quels que soient les zones ou le nombre de changements, est utilisable dans tous les bus de la ville 2 heures après avoir été composté.

3 – Impossible de trouver un pédicure médical ? Vrai. La profession n'existe pas aux États-Unis, où les seules personnes habilitées en la matière sont des *podiatrists*, des médecins spécialisés dans les troubles du pied, de la cheville, de la jambe et du bas du dos, classés par le magazine *Forbes* comme faisant partie de la 15e profession la mieux payée des États-Unis : les consulter revient un peu cher pour de simples cors au pied. D'où l'utilité de chaussures confortables…

4 – Les baskets sont si confortables qu'une fois qu'on y a pris goût, il est très difficile de revenir en arrière, comme le fait de voyager en classe business en avion ? Vrai. La recherche de « bien-être » prime dorénavant celle du « paraître ». D'où la vogue des chaussures UGG, les bottes australiennes en peau de mouton, ou des Crocs, les chaussures en résine douce et légère fabriquées par une société du Colorado qui en a vendu 100 millions de paires jusqu'à présent.

5 – Les New-Yorkais veulent rester jeunes et en pleine forme physique ? Vrai. Ils sont prêts à tout pour cela. À faire du sport. Ou à défaut, à être en tenue de sport pour se donner l'illusion d'en faire. La preuve ? L'extraordinaire succès des chaussures tonifiantes lancées par la société Skechers, leader d'un marché d'environ 1,5 milliard de dollars en 2010. L'argument de vente était pourtant audacieux, puisqu'il consistait à dire que leurs « *shape-ups* », aux semelles convexes,

mettaient leurs propriétaires dans une position d'instabilité induisant un effort imperceptible qui musclerait les cuisses, les fesses, et ferait perdre du poids. Mais la fête est finie, et la société Skechers vient d'accepter de payer 40 millions de dollars en échange de l'arrêt des poursuites pour publicité mensongère engagées contre elle par la Federal Trade Commission.

Néanmoins, la relève est assurée. Et c'est désormais la société Vibram qui rafle la mise avec sa chaussure « *FiveFingers* », une sorte de gant en caoutchouc qui s'enfile sur le pied en séparant les doigts de pied…

Crocs
www.crocs.com

143 Spring Street
New York
(212) 219-4046

270 Columbus Avenue
New York
(212) 362-1655

89 South Street
New York
(212) 233-0210

Skechers
www.skechers.com

3 Times Square
New York
(212) 869-9550

140 West 34th Street
New York
(646) 473-0490

15 Union Square West
New York
(212) 647-8891

Vibram Fivefingers
www.vibramfivefingers.com

Sugar Daddies et Sugar Babies

Vouloir épouser un homme riche est devenu la norme en matière de rencontres amoureuses. Et les femmes américaines ne s'en cachent pas, affichant désormais sans complexe l'importance qu'elles accordent à une aisance financière qu'elles ne songent plus à atteindre par elles-mêmes. Est-ce dû à l'essor d'un matérialisme galopant, ou aux craintes suscitées par la précarité liée à la crise économique ? Le féminisme en a pris un sacré coup. Le romantisme aussi. Ainsi que l'intégrité morale, pourtant invoquée à tout bout de champ dans une Amérique puritaine où ne subsiste qu'un angélisme officiel qui a de plus en plus de mal à s'accorder avec la réalité.

Le site « SeekingArrangement » en est un exemple frappant. Il met en rapport des *sugar daddies*, autrement dit des protecteurs a priori riches et âgés, avec des jeunes *sugar babies*, dont ils obtiennent les faveurs moyennant le versement d'un salaire mensuel. Un arrangement certes vieux comme le monde, mais qui semble aussi anachronique qu'ahurissant à l'ère d'Internet dans un pays où le moindre adultère fait scandale.

D'ailleurs, ses détracteurs disent qu'il s'agit, au mieux, d'un supermarché de l'infidélité et, au pire, d'un bordel virtuel. Ce à quoi Brandon Wade, son fondateur, un brillant *nerd* de 38 ans diplômé du MIT, rétorque qu'il ne fait que mettre en rapport des gens suffisamment honnêtes pour dire ce qu'ils attendent d'une relation. Il affirme avoir ainsi trouvé le moyen de se propulser sur le devant de la scène, alors qu'il était incapable de sortir du lot sur les sites de rencontres traditionnels, parmi des milliers de types plus beaux que lui.

Il n'a pas de souci à se faire sur le plan légal aux États-Unis, où un tel arrangement n'est pas considéré comme de la prostitution car il rémunère un service qui n'est pas seulement sexuel. Et il n'a pas non plus d'états d'âme d'un point de vue moral, car il estime juste proposer une forme plus explicite et transparente de *dating*. Aussi n'a-t-il aucun scrupule à faire apparaître sur le Web une fenêtre de publicité consacrée à son site dès que quelqu'un tape des mots-clés comme « prêts étudiants », « obtenir une bourse », « financer ses études » ou « payer son loyer ». Et ça marche !

« Seekingarrangement.com » se targue en effet d'un ratio de dix *sugar babies* pour un *sugar daddy*. Il faut dire que l'accès au site est gratuit pour les *sugar babies*, alors qu'il coûte 44,95 dollars par mois pour les *sugar daddies*, avec un supplément de 5 dollars pour que le nom du site n'apparaisse pas sur leur relevé de carte bancaire. Une discrétion qui peut s'avérer utile dans la mesure où 41,2 % d'entre eux sont mariés, où 25 % d'entre eux recherchent des *sugar babies* masculins, et où 1 % des *sugar daddies* sont des femmes. Le site compte 300 000 membres, ce qui est peu comparé aux 1,5 million de clients américains de « Match.com », mais qui est loin d'être négligeable.

Fort des six ans d'existence de son site, Brandon Wade a établi ses propres statistiques sur le sujet. Ainsi, 30 % des échanges financiers entre ses clients se font sous la forme de mensualités, tandis que le reste des arrangements consiste plutôt en largesses impliquant du cash, des virées shopping et des cadeaux. New York arrive à la neuvième place des villes américaines comptant les plus fortes proportions de *sugar daddies* (après San Francisco, Boston, Austin, Las Vegas, Los Angeles, Washington, Greater Hartford dans le Connecticut et Miami), et la deuxième après Los Angeles quand il s'agit de leur générosité.

95,6 % des *sugar daddies* sont hétérosexuels, 3,8 % homosexuels, et 0,6 % bisexuels. Ils ont un revenu annuel moyen de 263 589 dollars et un budget *sugar babies* d'environ 4 357 dollars par mois. Mais l'information la plus surprenante concerne leur âge moyen, qui est passé de 44 ans en 2007 à 39 ans en 2012. Il semble en effet que de plus en plus d'hommes de moins de 35 ans choisissent d'adopter le style de vie du *sugar daddy*. Inquiétant, non ?

Splendeur et misère du Core Club

J'ai enfin été invitée au Core Club. Depuis le temps que j'en entendais parler. Avec un plaisir teinté d'ironie avant la crise, et une forme de désaveu embarrassé depuis, tant le concept de ce club pour nouveaux riches décomplexés, heureux de se retrouver entre eux pour 50 000 dollars de droits d'adhésion et 15 000 dollars de cotisation annuelle, s'est trouvé démodé de façon inopinée.

Aussi ne savais-je pas trop à quoi m'attendre en arrivant devant le bunker anonyme de six étages qui l'abrite sur la 55e Rue entre Park et Madison. Première constatation : l'endroit ne ressemble en rien aux clubs traditionnels de New York : pas de boiseries foncées, de plafonds à caissons, de lourds tapis ni d'étoffes précieuses. Mais il ne colle pas non plus à l'image de luxe ostentatoire auquel on s'attend : pas de dorure, de marbre ni de fontaines façon Trump Towers. Pas non plus de gadget extravagant, bien qu'il ait été prévu à l'origine que les membres ouvrent la porte d'entrée du club à l'aide de leurs empreintes digitales. Non, le club ressemble à un lounge d'hôtel boutique ou à un salon de première classe d'aéroport, avec des panneaux de bois clair, du parquet et des pans de murs colorés, ornés d'œuvres d'art contemporain prêtées par les membres-propriétaires, qui sont supposées donner lieu à un accrochage différent chaque mois. Bref, c'est propre, gai, et complètement dépourvu de mystère.

Ce qu'on y fait ? L'on y mange. Très bien, d'ailleurs. Un fait suffisamment rare dans un club à New York pour être noté. L'on y fait du sport dans la salle de gym ; l'on y donne des réceptions dans la bibliothèque ou la salle de projection. Mais l'on utilise aussi leurs suites comme chambres d'hôtel ou comme salles de réunion. Et l'on profite des salons de coiffure, de manucure, de massage, et du fameux spa, où une certaine Dangene, gourou autoproclamé du rajeunissement, dont le but est de rendre la peau de ses patients si irréprochable qu'ils semblent maquillés, dispense des soins dernier cri tels que la dermabrasion, le laser Fraxel, les ultrasons et des traitements à base d'oxygène, de cellules souches, d'acide glycolique, et d'injections de vitamines. De plus, le club peut aussi fournir tout et n'importe quoi, de la *personal shopper* à la nounou, en passant par des billets d'avion pour Saint-Bart'. Étant entendu que tous ces services, proposés 24 heures sur 24 et 7 jours sur 7, sont payants.

Mais ce que le club affecte de proposer par-dessus tout, c'est une « sensibilité culturelle ». Ainsi son « conservateur culturel » invite-t-il, gratuitement cette fois, les membres du club à des « conversations » avec des stars de tous les domaines : Nan Goldin, Bill Viola, l'économiste Jeffrey Sachs, Sam Mendes, ou notre BHL national. Il organise des projections de films en avant-première, des soirées théâtre à Broadway, des excursions à la campagne dans une propriété conçue par le Chinois Ai Weiwei, avec une flotte de véhicules prêtés par Rolls-Royce, qui sponsorise alors l'événement, ou des fêtes et concerts dans les Hamptons, où le club s'installe pendant l'été.

Un programme alléchant que le désastreux timing de l'entreprise, qui a ouvert en 2005, n'a pas réussi à rendre profitable. Aussi, faute de pouvoir offrir le retour sur investissement escompté à ses investisseurs originels, tels que le financier Stephen Schwarzman, ou le *tycoon* de l'immobilier Aby Rosen, le club leur a-t-il offert d'être membres à vie sans frais supplémentaires. Avant de recourir à des mesures drastiques consistant à restreindre leur ambition culturelle, rendre accessibles au public le spa et les salons de coiffure, et diminuer officieusement les cotisations pour ouvrir le club aux moins fortunés. Le plus discrètement possible.

Core Club
www.thecoreclub.com

66 East 55th Street
New York
(212) 486-6600

LE CREDIT HISTORY

Et dire qu'en France, on s'inquiète régulièrement d'être fiché ! Que ferions-nous si, comme les Américains, nous subissions ouvertement le joug du *credit history*, c'est-à-dire une sorte de casier, non pas judiciaire, mais financier, établi par des agences officielles de crédit ? Chaque citoyen américain y voit consigné l'historique de ses emprunts, de ses comptes en banque, de ses cartes de crédit, de ses traites et de ses découverts. Autant d'éléments qui, combinés par algorithmes, résultent en une note, le *credit score*, évaluant sa solvabilité et sa fiabilité financière.

Inutile de préciser que ce nombre, compris entre 350 et 850, établi en liaison avec le numéro de sécurité sociale, a d'importantes répercussions sur la vie quotidienne. Car plus il est élevé, meilleurs sont les taux qui sont proposés pour prendre un crédit.

Mais le dispositif n'en reste pas là. D'une part, les informations concernant les citoyens, à la fois intrusives et détaillées, font mention de leurs actes de délinquance financière les plus anodins, comme un retard de quelques jours dans le paiement d'un loyer ou d'une facture d'électricité. Des broutilles qui entachent pourtant leur réputation financière en faisant chuter leur *credit score* pendant 7 ans, ou 10 ans lorsqu'il s'agit d'impayés plus conséquents. D'autre part, les agences de crédit ne se contentent pas de vendre ces informations aux professionnels de la finance, elles les vendent aussi à tous ceux qui en font la demande : propriétaires de logements, compagnies d'assurances ou d'électricité, ainsi que les employeurs voulant connaître le profil d'un candidat avant de l'embaucher.

Rien d'étonnant, donc, à ce que les Américains se préoccupent de leur réputation financière et cherchent à améliorer leur *credit score*. C'est même devenu un sport national qu'ils pratiquent en connaisseurs, en se pliant à ses règles parfois ahurissantes.

À commencer par le fait que le seul moyen de se construire une bonne réputation financière est de rembourser ses dettes en temps et en heure. Mais encore faut-il en avoir, et donc emprunter ! Même si l'on n'en a pas besoin. Car le fait d'épargner et de payer comptant n'est même pas envisagé par le *credit history* et ne rapporte donc aucun point. Du coup les Américains ouvrent des comptes en banque et des lignes de crédit en pagaille. Et comme l'ancienneté s'avère payante en points de *credit score*, ils procurent une carte de crédit à leurs enfants dès le plus jeune âge pour leur établir au plus vite un bon historique.

Aussi est-il très difficile de vivre aux États-Unis avec un mauvais *credit history*. Pas moyen d'obtenir une carte de crédit, de louer un appartement à son nom, ou d'ouvrir une ligne téléphonique. Alors mieux vaut se résoudre à essuyer nombre de refus, se contenter d'une carte de débit et payer des cautions tous azimuts.

Mais ce n'est guère plus facile pour les nouveaux venus aux États-Unis. En effet, les immigrants, n'ayant par définition pas de *credit history*, ont de facto un score de 0, et donc une réputation financière calamiteuse. Donc aucune possibilité d'emprunter, alors que c'est la seule façon de se bâtir un *credit history* ! Un vrai casse-tête, qui exige plusieurs années de manœuvres compliquées pour se faire une place dans un système qui apparaît pourtant dorénavant responsable de la crise des *subprimes*.

C'est le paradoxe de ce *credit score*, inventé en 1970 par deux mathématiciens qui mirent 12 ans à en écrire la formule : il a été conçu pour offrir aux prêteurs une façon standardisée d'évaluer rapidement le risque présenté par le client, et par conséquent doper le marché du crédit aux USA. Mission accomplie. Au détail près que ce système repose non sur le niveau de revenu des citoyens, mais sur leur bonne volonté à payer leurs traites. Ce qui, on l'a bien vu, ne risque pas de suffire face à l'avidité des financiers qui les poussent à s'endetter de plus en plus. Mais sans doute est-ce là un raisonnement trop simple pour des mathématiciens chevronnés.

LA GUERRE DES PUNAISES EST DÉCLARÉE

New York est en proie à une psychose rampante que l'on évoque seulement entre amis, et encore à demi-mot. « Tu en as eu, toi ? Tu fais quelque chose pour t'en protéger ? Tu oses encore aller au cinéma ? »

De quoi s'agit-il ? Des *bed bugs*, autrement dit des punaises de lit, un parasite de la taille d'un pépin de pomme qui, la nuit, tel un vampire, se gave de sang humain, par phases de dix minutes au terme desquelles, repu, il change de couleur et passe d'un brun clair à un rouge rouille. Sans danger, puisqu'il ne transmet aucune maladie, sa salive, dont il injecte la peau de sa victime avant de la percer, provoque néanmoins des allergies et des démangeaisons spectaculaires.

Certes, d'après les experts, il n'y a là rien de nouveau, car le *cimex lectularius* a toujours existé, à New York comme ailleurs. Mais depuis les années 1950, il s'était fait discret dans les villes, d'où il avait presque disparu, tout en restant assez présent en milieu tropical. Néanmoins, leur recrudescence spectaculaire date des années 1990, et elle résulte de la conjonction de deux phénomènes récents : l'augmentation des voyages internationaux et l'interdiction de pesticides puissants comme le DDT. Et bien que l'épidémie soit mondiale, Manhattan est particulièrement touché. La preuve ?

Le site « The Bedbug Registry », qui propose aux internautes de signaler le lieu de leur « rencontre » avec des *bed bugs* par un point rouge sur une carte interactive, fait apparaître la région de New York comme une vaste étendue rouge.

Où se cachent ces *bed bugs* ? Dans la literie, les sommiers ou les matelas, c'est-à-dire là où ils ont un accès facile à leurs futures victimes, mais aussi dans les moquettes, entre les lattes de plancher ou dans les fentes des boiseries, les lézardes des murs, sous les bords décollés des papiers peints ou derrière une peinture écaillée. Et ils se propagent en sautant d'un hôte à l'autre dans la foule, au cinéma, dans les avions, dans le métro, ou en passagers clandestins de vieux matelas, remis à neuf et vendus dans des magasins puis transportés dans le même camion que des matelas neufs, qui se trouvent à leur tour infestés.

Pourquoi New York ? « Parce que c'est la ville où tout le monde peut réussir, même les parasites », plaisantait le porte-parole du conseil municipal de New York en juillet 2010, en annonçant le lancement d'une campagne d'information de 500 000 dollars sur le sujet. Un budget très révélateur de l'inquiétude du maire sur l'industrie du tourisme de sa ville, qui pèse environ 30 milliards de dollars. En effet, aux yeux de Mike Bloomberg, ces insectes mettent en danger l'image de la ville, car ils effraient les touristes. Et les sites Internet ne font que confirmer cet état de fait. Ainsi, le site « TripAdvisor » note qu'en un an les messages d'internautes faisant référence à la présence de punaises de lit dans les hôtels ont augmenté de 11 %. Même hausse du côté des services d'urgences de la ville, qui ont enregistré 31 719 plaintes en 2010, soit 26 000 de plus que l'année précédente. Une hausse d'autant plus effrayante que le site « Bad Bed Bugs » estime que les piqûres sont 5 000 fois plus nombreuses que les plaintes déposées.

Mais les *bed bugs* ont un effet également désastreux sur le commerce de la ville. Ainsi ont-ils forcé la société Abercrombie & Fitch, en juillet 2010, à la fermeture temporaire coûteuse d'un de ses magasins du sud de Manhattan, le temps de la décontamination et de l'inspection de ses entrepôts. Ou Nike, fabricant de vêtements et de chaussures de sport, qui s'est contenté de déclarer sobrement en septembre 2010 avoir rouvert son magasin, après l'avoir fermé quatre jours pour se débarrasser de ses punaises de lit. Mais cette discrétion donne lieu à nombre de rumeurs, que les New-Yorkais chuchotent d'un air entendu : « Il paraît qu'il y en a eu chez Bergdorf Goodman, chez Victoria's Secret, au Waldorf Astoria ou au Carnegie Hall », contribuant à une atmosphère d'inquiétude diffuse et de méfiance généralisée.

Le sujet est si sensible que les victimes des punaises de lit se taisent, quitte à infester leurs voisins, de peur de subir l'opprobre qui les frapperait s'ils se déclaraient. « J'ai un problème de punaises, mais personne ne viendrait plus chez moi et je ne pourrais plus aller nulle part, ni même envoyer mes enfants à l'école si je le disais », déclare ainsi une de ces victimes.

J'ai moi-même pu constater que je provoquais un certain malaise en évoquant les inspections de patrouilles canines anti-*bed bugs* organisées par le syndic de copropriété de mon immeuble trois fois par an. Car mes interlocuteurs, loin d'être divertis par ma description de la visite dans mon appartement des beagles ou des labradors employés par les sociétés de désinsectisation, apparemment capables de détecter un œuf de punaise avec 96 % d'exactitude (en tout cas, d'après les chercheurs en entomologie de l'université de Floride), ont aussitôt suspecté qu'une inspection aussi systématique cachait sûrement un problème d'infestation bien réel de mon immeuble !

Cela explique aussi la discrétion des sociétés de contrôle antiparasitaire, qui vendent leurs produits par correspondance dans des boîtes en carton banalisées pour ne pas dévoiler la nature de leurs activités, tout comme celles des désinsectiseurs à domicile, qui ne portent de mention de leur raison sociale ni sur leur uniforme ni sur leur camionnette.

Mais se débarrasser de ces bestioles est un chemin de croix : les *bed bugs* peuvent survivre plus d'un an sans se nourrir. Les frais de remise en état de votre appartement peuvent, en outre, être coûteux : environ 5 000 dollars de frais de diagnostic et d'extermination, et 1 000 dollars de frais d'acquisition de nouveaux vêtements et d'une nouvelle literie. Et ce n'est là qu'une moyenne, car les propriétaires de grands appartements à Manhattan peuvent, semble-t-il, dépenser jusqu'à 80 000 dollars pour les éliminer.

Sachez tout de même que ces punaises peuvent être éliminées grâce aux innombrables produits désormais vendus dans les grandes surfaces, ou avec l'aide d'un exterminateur professionnel qui vaporise d'ordinaire un mélange de vapeur et d'insecticide dans le moindre recoin de votre appartement, y compris (malheureusement) sur vos vêtements, vos livres ou vos œuvres d'art. Sachez aussi que la ville de New York dépense 40 millions de dollars par an pour s'en débarrasser.

New York étant réputée pour son caractère précurseur dans bien des domaines, il est à craindre que ce phénomène ne prenne de l'ampleur (Montréal et Sydney sont déjà touchées). Aussi renseignez-vous avant de partir en voyage. Il existe un registre des punaises de lit sur « The Bedbug Registry », fondé en 2006, et qui a déjà recueilli environ 20 000 rapports couvrant 12 000 emplacements. Une application iPhone est également disponible au prix de 1,99 dollar sur l'App Store d'iTunes pour vous permettre de vérifier si une épidémie de punaises de lit a été déclarée près de l'endroit où vous posez vos valises. Enfin, l'entreprise Apps Genius a lancé le logiciel « Bed Bug Alert », qui centralise les informations sur les punaises de lit recueillies auprès de ses utilisateurs, des agences de santé publique et des employés de la firme, notamment grâce à la géolocalisation via Google Maps.

Enfin, quelques conseils pour les plus paranoïaques d'entre vous :

— Couvrez les sièges sur lesquels vous vous asseyez. Plusieurs sociétés ont mis au point des housses pour sièges d'avion ou de cinéma.

— Dans les avions, apportez votre oreiller et votre couverture, et enveloppez votre bagage à main d'un film plastique ou d'un sac-poubelle.

— À l'arrivée, videz vos valises et vos sacs de voyage sur le palier avant de rentrer chez vous et mettez vos affaires directement dans la machine à laver ou dans le sèche-linge (la chaleur tue les punaises). Enveloppez valises et sacs vides d'un sac-poubelle pendant deux semaines.

— Et enfin, arrêtez de vous épiler et de vous raser. Car, comme l'a révélé une expérience menée en 2011 par l'université de Sheffield sur un groupe de 29 étudiants qui ont accepté de se livrer à des punaises de lit affamées avec un bras rasé et l'autre naturellement poilu, nous avons tous un moyen naturel de nous défendre contre les attaques de ces bestioles : nos poils. D'abord parce que les poils possèdent des terminaisons nerveuses qui nous aident à ressentir la présence et le déplacement d'insectes sur notre peau, ce qui explique aussi pourquoi les moustiques nous piquent davantage sur les zones glabres du corps, comme les chevilles et les poignets. Mais aussi parce que les poils agissent comme une barrière naturelle empêchant les parasites d'atteindre notre peau.

---

www.bedbugregistry.com
www.badbedbugs.com

Brunch électoral

Connaissez-vous le restaurant La Petite Maison ? Non pas le restaurant du Vieux-Nice tenu par Nicole Rubi, la fille du restaurateur César, qui est une véritable institution, mais sa succursale de New York ouverte en 2011 et située sur la 54e Rue entre la 5e et la 6e Avenue.

Connaissez-vous Julien Balkany ? Non pas Patrick Balkany, le maire de Levallois, député des Hauts-de-Seine et proche de Sarkozy, mais son demi-frère, le jeune Julien Balkany (il est né en 1981), candidat divers droite aux législatives 2012 pour les Français d'Amérique du Nord ? Eh bien, moi non plus.

Aussi est-ce intriguée par ce doublé de « faux amis », du terme de grammaire qui désigne les mots d'une langue étrangère présentant une similitude trompeuse avec des mots français, que je me suis rendue au brunch organisé par Julien Balkany à La Petite Maison de New York pour suivre en direct les résultats du premier tour de l'élection présidentielle.

La concurrence était rude. Car les résultats étant annoncés à 14 heures, heure new-yorkaise, j'avais l'embarras du choix en matière de brunch. Ainsi, plusieurs restaurants, dont La Tarte Flambée, Opia ou le tout nouveau Sushi Shop proposaient des réunions avec écrans géants et formules spéciales. Et Corinne Narassiguin, la candidate socialiste aux législatives, organisait le brunch électoral de la section de New York du PS chez Murphy & Gonzalez, au lieu du restaurant Tout va bien, initialement prévu, qui s'est finalement avéré trop petit pour l'affluence attendue.

Premières impressions. Sans doute aurais-je dû choisir le brunch socialiste, me suis-je dit en arrivant, car La Petite Maison était si vide que je me suis d'abord demandé si le brunch avait été annulé. Il faut dire que, contrairement à l'exubérante, foutraque et sympathique Petite Maison de Nice, qui attire des stars comme Elton John, Bono ou des politiques tels Christian Estrosi ou Sarkozy, qui y a emmené les présidents Jacob Zuma (Afrique du Sud), Dmitri Medvedev (Russie) et plus récemment Hu Jintao, La Petite Maison de New York n'a reçu jusqu'alors de la part des chroniqueurs gastronomiques américains que des critiques mitigées, pour ne pas dire désastreuses. Rien d'étonnant donc à ne voir que deux tables occupées sur les 120 places du restaurant un dimanche à l'heure du déjeuner. Quant au brunch électoral, m'indiqua le monsieur français de l'accueil qui officiait auparavant au Cipriani, *downtown*, il avait lieu au sous-sol.

Or, le moins que l'on puisse dire, c'est que la fête n'y battait pas son plein. En effet, quelques dizaines de personnes faisaient calmement la queue le long d'un buffet sur lequel il y avait autant de mini-hamburgers que de farcis niçois. Et, à en juger par l'intérêt tranquille qu'ils suscitaient, l'enjeu du jour n'était clairement pas politique. Dans la pièce d'à côté, une sorte d'atrium baigné d'une lumière zénithale, se trouvait un grand écran branché sur TF1 qui diffusait les résultats dans une ambiance vaguement résignée autour de Balkany entouré de ses proches, des trentenaires battants comme lui. Je ne me suis pas éternisée. Et je me suis demandé si, pour continuer sur ma lancée, je n'aurais pas intérêt à aller le soir même faire un tour au Baron. Le club de l'avenue Marceau à Paris ? Non, celui de Chinatown, bien sûr.

La Petite Maison
www.lapetitemaisonnyc.com

13-15 West 54th Street
New York
A fermé depuis

Le Baron
lebaronchinatown.com

32 Mulberry Street
New York

LE PRIX DU VENT

Saviez-vous que l'air au-dessus des immeubles de New York s'achète et se vend ? Car il s'agit d'un espace dont les propriétaires de biens immobiliers ont le droit de disposer. Le concept légal, désigné par le terme de « droits d'air », date de la Rome antique, et tient dans cette phrase latine « *Cujus est solum, ejus est usque ad cœlum et ad inferos* » : « Quiconque est propriétaire d'une terre la détient du paradis à l'enfer. » Intégré dans la loi commune en Angleterre au XVIIIe siècle, il n'a néanmoins intéressé personne avant le XXe siècle, quand l'aviation en a limité l'usage à 150 mètres au-dessus des immeubles, réservant à la Federal Aviation Administration l'autorité sur le reste de l'espace aérien.

Certains propriétaires d'immeubles à New York sont heureux d'exercer ces droits d'air en faisant construire des étages supplémentaires, notamment les *penthouses* (littéralement des « maisons contenues » sur le toit) qui constituent l'une des marques de fabrique de la ville en matière d'appartements de luxe. Mais l'intérêt principal des droits d'air réside dans le fait qu'ils sont transférables aux immeubles voisins, et qu'à ce titre, ils constituent pour la municipalité un moyen créatif et novateur de contrôler et aménager le plan d'urbanisme de la ville.

Démonstration : Imaginons un quartier d'affaires assez dense, où le droit d'air des immeubles a été fixé par la municipalité à 35 étages et dans lequel subsiste une maison de 3 étages d'intérêt architectural ou historique. En l'absence de droits d'air transférables, il y a fort à parier que les propriétaires de la maison ne résisteraient pas longtemps aux offres d'achat des promoteurs immobiliers désireux de la démolir et de construire à sa place un gratte-ciel de 35 étages. Mais grâce à ce dispositif, les propriétaires de la maison peuvent vendre, non plus la maison, mais les droits d'air dont ils disposent, en l'occurrence les droits de 32 étages, qui correspondent aux 35 étages du plan d'urbanisme du quartier moins les 3 étages de la maison. Ce qui permettrait aux promoteurs s'en portant acquéreurs de bâtir à côté de la maison un immeuble de 67 étages, soit les 35 auxquels ils ont droit dans le POS, plus les 32 de la maison voisine, ainsi sauvegardée par l'opération.

Et ce qui vaut pour une maison de 3 étages vaut également pour les églises, les stades ou les gares, dont les voies de chemin de fer s'étendant sur des kilomètres au ras du sol constituent des viviers considérables de droits d'air. Ainsi la gare de Grand Central, datant de 1913, a été sauvée de la démolition par la vente de ses droits d'air au promoteur des 59 étages du MetLife building au début des années 1960.

Mais le plus incroyable est qu'il n'est même pas nécessaire de posséder des droits d'air pour gagner de l'argent. Car les transactions doivent se faire dans le cadre d'un même pâté de maisons et entre maisons adjacentes. Aussi, pour s'échanger leurs droits d'air, deux immeubles d'une même rue distants l'un de l'autre doivent-ils négocier avec chacun des immeubles qui les séparent pour rendre la transaction possible. Et ils ont intérêt à faire des offres alléchantes pour s'assurer de leur bonne volonté. Ce qui s'est manifestement produit souvent dans l'Upper East Side où nombre de rangées de *town houses* sont encadrées par de grands immeubles à chaque coin de rue.

Combien coûte un droit d'air ? Entre 213 et 430 dollars le pied carré (soit 30 cm^2), c'est-à-dire 50 à 60 % du prix de vente d'un terrain. Pas mal pour du vent.

MetLife Building

200 Park Avenue (East 45th Street)
Au-dessus de Grand Central Terminal
New York

Yaddo, la villa Médicis des environs de New York

Il y a, près de New York, une résidence d'artistes du nom de Yaddo, où disparaissent régulièrement nombre de gens que je connais. Je m'en aperçois lorsque mes e-mails me sont retournés accompagnés d'un message automatique précisant qu'ils y sont partis et sont injoignables jusqu'à nouvel ordre. Cela a fini par m'intriguer. Du coup, j'ai mené ma petite enquête. Et j'ai appris que ce lieu, pourtant ouvert aux étrangers, ne reçoit pratiquement jamais de candidatures d'artistes français. Avis aux amateurs.

Yaddo est une communauté d'artistes qui fut créée en 1900 dans une propriété de 160 hectares à Saratoga Springs, dans l'État de New York, par le financier Spencer Trask et sa femme poète Katrina, après la mort de leurs quatre enfants, victimes du typhus et d'accidents. Ils décidèrent de surmonter cette tragédie en ouvrant leur maison à des artistes de toutes les disciplines, écrivains, scénaristes, dramaturges, compositeurs, photographes, peintres, sculpteurs, réalisateurs ou chorégraphes, et en leur offrant le gîte et le couvert pour des périodes de deux semaines à deux mois, afin qu'ils puissent y travailler au calme et sans débourser un centime.

Une histoire si forte qu'elle a, de l'avis de tous, laissé son empreinte dans ce lieu qui a conservé une âme, une ambiance de grandeur passée, avec des nappes en lin et des bibelots d'un autre temps, ainsi qu'un nom, celui de « Yaddo », provenant du babil de la petite fille de Spencer et Katrina incapable de prononcer le mot *shadow*. Toujours est-il que cette propriété, déjà fréquentée du temps des Trask par de nombreux artistes de leurs amis, est devenue un lieu de création historique, accueillant des auteurs comme John Cheever, Truman Capote, Sylvia Plath, Patricia Highsmith ou James Baldwin. Et les résidents qui y ont travaillé ont collectivement remporté 66 prix Pulitzer, 27 MacArthur Fellowships, 61 National Book Awards, 24 National Book Critics Circle Awards, 108 prix de Rome, 51 Whiting Writers' Awards, et un prix Nobel de littérature (Saul Bellow en 1976).

Yaddo, qui est ouvert toute l'année sauf au mois de septembre, accueille environ 200 artistes chaque année. Mais comme la maison principale, datant du XIXe, est trop chère à chauffer, il n'y a que 15 résidents à la fois en hiver, et 34 en été.

Comment y être admis ? En constituant un dossier de candidature, comprenant deux lettres de recommandation, ainsi que des échantillons d'un travail artistique en cours, qui sera examiné par un panel d'artistes professionnels. Il est assez difficile d'être accepté (c'est le cas, semble-t-il, de seulement 22 % des candidats), car l'endroit est aussi prestigieux que populaire. Mais l'on comprend pourquoi.

D'abord, contrairement à la plupart des résidences d'artistes qui proposent des sessions à dates fixes, les heureux élus peuvent choisir le moment et la durée de leur séjour à Yaddo, ce qui fait qu'il y a du va-et-vient et un renouvellement constant des conversations entre les participants.

Ensuite, c'est peu dire que les résidents sont bien reçus. La plupart des chambres, réparties dans plusieurs bâtiments, disposent de salles de bains. Les écrivains se voient généralement attribuer une grande chambre, dont la plus recherchée est sans doute la suite Sylvia Plath, sur deux niveaux, avec une partie chambre et une partie bureau dans la West House. Tandis que les artistes visuels, les chorégraphes et les compositeurs disposent d'une chambre ainsi que d'un atelier équipé de pianos, de chambres noires ou de barres de danse et de miroirs.

Petit déjeuner et dîner se prennent à heure fixe, alors que le déjeuner qui, par tradition, comprend toujours quelques bâtonnets de carottes, est distribué à chaque résident dans une *lunch box*. Enfin il y a une navette par jour pour Saratoga Springs, un court de tennis, une piscine, une table de ping-pong, des bicyclettes, ainsi qu'une bibliothèque remplie des livres écrits par les résidents de Yaddo. Quoi encore ? Le ménage est fait dans les chambres une fois par semaine. Que demander de plus ?

Yaddo
www.yaddo.org

312 Union Avenue
Saratoga Springs
NY 12866
(518) 584-0746

À QUOI SERVENT LES PARADES ?

Pour paralyser une ville, les Français peuvent compter sur leurs manifestations, et les Américains sur leurs parades. Mais si la raison d'être des premières est évidente, l'intérêt des deuxièmes est plus difficile à saisir. Je ne parle pas des parades qui se produisent à Wall Street depuis la fin du XIXe siècle, les *ticker-tape parades*, du nom des bandes de télescripteurs imprimées des cours de Bourse lancées depuis les immeubles sur les hôtes officiels, qui ont toujours lieu spontanément à l'issue de victoires sportives comme celles des Yankees, l'équipe de base-ball de New York.

Non, je parle des parades qui occupent un nombre extravagant de dimanches et de jours fériés à New York. Jugez plutôt : il y a celle de Martin Luther King, à la mi-janvier. Le nouvel an chinois fêté avec pompe dans Chinatown 36 heures durant, à la mi-février. La parade de la Saint-Patrick, le 17 mars, qui réunit la communauté irlandaise. La parade de l'indépendance grecque, à la fin mars. La parade de Pâques. La parade cubaine, en mai, aux faux airs de carnaval, qui réunit 500 000 personnes. La parade du 5 mai, qui célèbre la culture du Mexique. La parade portoricaine, le deuxième dimanche de juin, la fête de la plus nombreuse communauté immigrée de la ville, qui rassemble environ 80 000 participants et plus de 2 millions de spectateurs le long de la 5e Avenue. La parade des sirènes, en juin, où tous les participants, habillés en sirène et en roi Neptune, vont jeter des fruits dans la mer. La Gay and Lesbian Pride, qui rassemble jusqu'à 500 000 participants. La parade africaine-américaine, fin septembre, à Harlem. La parade de Columbus Day, qui commémore le jour où l'Amérique a été mise sur la carte. La Veterans Day Parade, le 11 novembre. La parade de Thanksgiving, parrainée par le grand magasin Macy's, qui célèbre, fin novembre, la première moisson des colons au XVIIe siècle…

Et encore n'est-ce pas là un inventaire exhaustif des parades de la ville. Le phénomène remonte à 1762, lorsque les soldats irlandais en garnison à New York organisèrent une parade à l'occasion de la Saint-Patrick. Et il est tellement intégré à la culture du pays que les Américains l'exportent, notamment à travers leurs parcs, comme Eurodisney avec sa parade de Noël.

Alors à quoi servent les parades ? Eh bien, d'abord à rapporter de l'argent. Car la municipalité a beau devoir faire face aux coûts de service d'ordre, d'installation des gradins et de nettoyage des rues qu'elles occasionnent, elle en tire un bilan largement bénéficiaire, notamment grâce à l'afflux de touristes qui en découle. À titre d'exemple, la parade la plus populaire de la ville, celle de Macy's, attire chaque année à Manhattan plus de 3,5 millions de personnes, et elle est suivie par près de 50 millions de téléspectateurs à travers le pays.

Les parades sont aussi l'occasion de faire la fête. Chaque défilé est constitué d'une série de figures imposées, une fanfare, des ballons géants gonflés à l'hélium, un « Marshal » élu pour ouvrir la marche, ainsi que des dignitaires et des célébrités représentatifs de la cause ou de la communauté à l'honneur, et puis de nombreux spectateurs cherchant à les apercevoir. Mais l'idée est qu'il doit pouvoir s'y passer des choses spontanées ou inattendues. Les participants et les spectateurs doivent avoir le sentiment qu'ils pourraient échanger leurs places. D'ordinaire plutôt familiales, certaines parades donnent pourtant invariablement lieu à des beuveries mémorables.

Mais au-delà de leur aspect festif, les parades servent surtout à célébrer la diversité, la richesse culturelle des populations ainsi mises à l'honneur, à dire ce qu'elles ont apporté au pays, qu'elles ont contribué à construire grâce à leur force de travail. Une reconnaissance symbolique de leur identité et de leur appartenance à la nation, dont nous aurions sans doute intérêt à nous inspirer en France pour notre politique d'intégration.

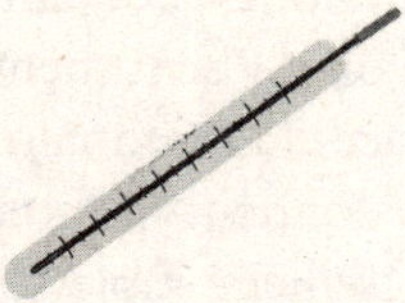

Les émissions médicales

Il semble que Sony Pictures ait essayé d'adapter pour TF1 une émission médicale de la télévision américaine. Il s'agissait du « Docteur Oz Show ». Cela devait s'appeler « Merci Docteur ! », être enregistré en public et animé par le romancier et urgentiste Patrick Bauwen. La chaîne y a finalement renoncé. Quelle mouche les avait piqués en tout cas ? Car il suffit de jeter un œil sur ces émissions pour savoir qu'elles horripileraient n'importe quel téléspectateur français. Explications :

1 – Les Français sont moins friands d'informations médicales que les Américains, dont l'accès aux soins est aussi cher que difficile. En effet, leurs consultations et leurs examens médicaux sont en moyenne dix fois plus chers que les nôtres, avec des IRM couramment facturées à 3 000 dollars et des analyses de sang à 300 dollars. Et ils ne sont pas au bout de leur peine lorsqu'ils ont la chance d'être assurés, vu qu'ils doivent demander une autorisation à leur mutuelle avant d'engager la moindre dépense de santé. Ainsi

tout se négocie, du droit de consulter un spécialiste au sein d'un réseau de médecins agréés au bien-fondé de chaque analyse prescrite par ce dernier. Un parcours du combattant que les Américains n'entreprennent qu'en derniers recours. D'où l'intérêt de ces émissions, dont les conseils, les remèdes de bonne femme, et les questions posées par des spectateurs heureux de confier leurs problèmes de santé devant les caméras, en échange de la possibilité de se faire soigner gratuitement, permettent d'acquérir un certain bagage médical indispensable pour savoir quand s'inquiéter et comment se soigner.

2 – Les Américains, qui jouent à se faire peur, pour conjurer leurs inquiétudes tout autant que pour faire de la télé à grand spectacle, n'hésitent pas à traiter de ces questions de santé sur un mode aussi spectaculaire qu'effrayant, en évoquant des maladies rares comme la bactérie dévoreuse de chair, ou en montant en épingle les pièges à microbes les plus inoffensifs de la vie quotidienne, tels que les DVD ou les voitures de location. Le tout accompagné de musiques de films d'horreur et d'images gore comme celles d'un foie d'alcoolique, d'un poumon nécrosé de fumeur ou d'un cœur de boulimique emprisonné dans la graisse. Bref, une approche hystérique incompatible avec la mesure et le sérieux prônés par les Français en matière de santé.

3 – Ces émissions d'*entertainment* recourent désormais systématiquement au *teasing* pour capter l'attention de leurs téléspectateurs. Une technique marketing

exaspérante qui consiste à morceler les contenus en plusieurs séquences. Par exemple, une énigme initiale : « Quelle est la position sexuelle la plus mauvaise pour la santé des femmes ? », qui est censée susciter la curiosité du téléspectateur, et la réponse à la question, en l'occurrence : « C'est la femme chevauchant son partenaire, car cette position déclenche davantage d'infections urinaires. » Mais toute l'idée est de faire patienter le téléspectateur entre la question et sa réponse, en tout cas le temps de lui servir 10 minutes de messages promotionnels, dont 8 minutes de publicité et 2 minutes de promotion de la chaîne. Ce qui fait qu'ainsi étoffé de façon artificielle, le contenu éditorial de ces émissions peut se permettre d'être indigent. Une latitude dont profitent honteusement leurs concepteurs.

4 – Et puis, vous l'aurez compris, ces émissions donnent également aux Américains une bonne excuse pour parler de sexe. Un sujet refoulé autant par puritanisme que par la loi, comme celle, ahurissante, de l'État de Washington, décrétant le missionnaire comme seule position sexuelle légale, ou celle, fédérale, que personne ne songe à contester, qui interdit de montrer des seins nus. Aussi nous est-il plus difficile de comprendre l'intérêt de l'émission « Doctors » qui passe tous les matins sur CBS, lorsqu'elle aborde le sexe et la sexualité sous un angle aussi cru que déprimant. Et c'est souvent le cas. Un exemple ? La rubrique de la gynécologue de service qui conclut son topo sur l'hygiène intime de la femme par un

slogan choc : « Le vagin est un four auto-nettoyant », visiblement bien connu du public qui le reprend en chœur avec enthousiasme, avant de rire de bon cœur à la blague du médecin urgentiste animateur du show qui s'écrie : « Alors rien d'étonnant à ce que ça puisse devenir chaud bouillant là-dedans ! » Sexy, non ?

La folie du spinning

Prenez une cinquantaine de vélos d'appartement. Placez-les côte à côte dans une salle exiguë que vous qualifierez de studio. Plongez-les dans une pénombre de boîte de nuit face à un coach aussi charismatique que possible. Mettez la musique à fond et… vous obtiendrez la recette du *spinning* (littéralement le fait de tourner), le sport qui fait fureur depuis peu à New York.

Certes, l'existence du vélo d'appartement ne date pas d'hier, il y en a dans toutes les salles de fitness du monde. Celle du *spinning* comme sport à part entière non plus, puisque c'est un cycliste d'Afrique du Sud, installé en Californie, qui en a lancé l'idée en ouvrant le premier centre à Santa Monica en 1979. Néanmoins depuis trois ou quatre ans le *spinning* connaît un regain de popularité à Manhattan, où quantité de studios font florès.

Ce qu'ils offrent de nouveau ? Ils ne se contentent plus de faire pédaler les gens, et ils leur proposent une combinaison d'entraînement cardiovasculaire fondé sur des exercices d'endurance, de sprints et de simulation de randonnée en montagne, et de renforcement musculaire à base de pompes, de lever de poids et d'étirements, le tout à califourchon sur un vélo ergonomique, au cours d'une intense séance de 45 minutes qui permet de brûler jusqu'à 700 calories. Mais ce qu'ils ont sans doute vraiment réussi de nouveau, c'est rendre tout cela excitant grâce à un coach orchestrant la musique et les mouvements, qui galvanise les participants en se faisant tour à tour DJ, gourou, GO et sergent instructeur.

SoulCycle et Flywheel sont les deux chaînes qui se partagent ce marché. Leurs studios fonctionnent de la même façon : les inscriptions et les réservations se font par le biais de leur site Internet, sur lequel on choisit l'emplacement de son vélo dans la salle et l'horaire de son cours, qui coûte environ 30 dollars. Sur place, l'on vous donne des chaussures à clipper sur les pédales des vélos, des serviettes, et de l'eau. Mais les ressemblances s'arrêtent là.

SoulCycle, créée en 2007 par deux jeunes femmes déçues de ne pas trouver de façon rapide et amusante de faire de l'exercice à New York, surfe en effet sur la mode du yoga, de la méditation et de la quête spirituelle – d'où son nom, « *soul* », c'est-à-dire l'âme –, en éclairant aux bougies ses studios et en offrant un type de coaching un peu inspiré par le thème du dépassement de soi. Un positionnement marketing efficace, puisqu'il lui a permis d'ouvrir 4 studios à New York, 4 dans les Hamptons, et 1 à Los Angeles, et de proposer à la vente toute une ligne de vêtements et d'accessoires à son nom, qui ne l'empêche en rien de privilégier la motivation collective, l'ambiance, le fun, et le *feelgood* induit par les endomorphines libérées à haute dose par les participants, c'est-à-dire tout l'opposé de cette notion de sanctuaire.

Créée trois ans plus tard, Flywheel a en revanche tout misé sur la technique pour attirer ceux qui veulent évaluer leurs performances et surveiller leurs progrès. En effet, leurs studios, conçus comme des amphithéâtres, avec des gradins en demi-cercle en surplomb du professeur, offrent des vélos hyper-sophistiqués et distants les uns des autres, qui sont équipés de capteurs mesurant les battements du cœur, la vitesse, la résistance, et la dépense de calories. Aussi les participants peuvent-ils, s'ils le souhaitent, afficher leur performance sur l'écran géant situé derrière le coach et participer aux compétitions qui ponctuent les séances toutes les 10 minutes. Autant de données qu'ils pourront ensuite consulter sur le site Internet de la chaîne, qui établit chaque semaine leur profil ainsi que le classement des meilleurs scores dans toutes les catégories. Bref, tout est pensé en terme d'efficacité, jusqu'à la musique, parfois monotone, choisie pour s'adapter au rythme cardiaque requis par le coach. Et cela lui réussit, car Flywheel possède maintenant 14 studios aux États-Unis, dont 6 à Manhattan et ses environs, et 1 à Dubaï.

Succès durable, ou engouement passager ? Le *spinning* semble gagner du terrain en attirant des adeptes de tous âges, bien au-delà des trentenaires à l'origine du phénomène. Alors gare aux crises cardiaques ?

SoulCycle
www.soul-cycle.com

140 East 63rd Street
New York
(212) 996-1300

12 East 18th Street
New York
(212) 208-1300

350 Amsterdam Avenue
New York
(212) 787-1300

1470 3rd Avenue
(83rd Street)
New York
(212) 639-1300

Flywheel
www.flywheelsports.com

201 East 67th Street
New York
(212) 327-1217

39 West 21st Street
New York
(212) 242-9433

470 Columbus Avenue
New York
(212) 242-5161

LE RESTAURANT AMÉRICAIN EN 10 ÉTAPES

Connaissez-vous le Sbam ? C'est le protocole de comportement inculqué de nos jours aux vendeurs français. Une sorte de leçon de courtoisie envers la clientèle, résumée par un acronyme qui en décompose les étapes, celles du *Sourire*, du *Bonjour*, de l'*Au revoir* et du *Merci*. Le concept d'un tel protocole vient des États-Unis, et les Français l'ont si bien adopté qu'ils sont allés, pour le désigner, jusqu'à en garder l'affreux nom de *process.* Aussi, puisqu'il vaut mieux avoir affaire à Dieu qu'à ses saints, j'ai profité de ma présence à New York pour étudier sur place les maîtres du genre. Et le moins que l'on puisse dire est que les serveurs des restaurants y ont bien retenu leur leçon. Démonstration.

— Étape n° 1 : l'accueil, toujours le même, au mot près. « Bonjour, bienvenue au restaurant X, je m'appelle Bob, et c'est moi qui vais m'occuper de vous aujourd'hui. »

— Étape n° 2 : le rituel de l'eau, immuable, où le serveur s'enquiert du genre d'eau qu'il doit vous servir. Minérale, plate ou gazeuse ? Eau du robinet ?

Et ne vous avisez pas de refuser si vous n'en buvez pas, car vous seriez interrompu pendant tout le repas par ses collègues affolés que votre serveur ait loupé cette étape. Mais leur empressement serait incompréhensible s'il n'était pas lié à la marge perçue par les restaurants sur les bouteilles d'eau. Cela expliquerait en tout cas pourquoi les serveurs versent toujours l'eau à ras bord de verres grands comme des auges à cochons, histoire de vider votre bouteille le plus vite possible. Avant de vous surveiller du coin de l'œil pour vous demander si vous en voulez une autre dès que le niveau de votre verre baisse un tant soit peu.

— Étape n° 3 : le rituel des *specials*, autrement dit des plats du jour, dont la liste, récitée avec gourmandise, bonhomie, ou lassitude, peut être aussi longue et laborieuse que les plats inscrits sur la carte. C'est le moment de vous rappeler que la patience est mère de toutes les vertus.

— Étape n° 4 : la commande, à l'issue de laquelle votre serveur vous lancera invariablement sur un ton qui se voudrait enjoué un « *Enjoy !* », équivalent de notre « bon appétit ».

— Étape n° 5 : la récapitulation des plats commandés au moment où ils vous sont servis. Le ton est solennel, la voix ferme, à plein volume : « Sole meunière sur son lit d'épinards… » Au cas où vous auriez oublié ce que vous venez de commander, ou ne sauriez pas le reconnaître dans votre assiette…

— Étapes n° 6 et 7 : les interruptions. Les phrases peuvent varier : « Est-ce que tout va bien ? », « Comment ça se passe jusqu'à présent ? », « Tout va toujours comme vous voulez ? », mais l'essentiel est que, sous couvert d'affabilité, votre serveur vous coupe la parole lorsque vous êtes en pleine conversation ou que vous avez la bouche pleine, et qu'il reste à côté de vous jusqu'à ce que vous lui ayez répondu. Inutile donc de préciser que le plus tôt sera le mieux.

— Étape n° 8 : la question « Est-ce que vous avez fini ? », idiote dans tous les cas de figure. Car elle est superflue si vous avez nettoyé votre assiette et inopportune si elle est encore pleine, auquel cas votre serveur peut néanmoins ajouter : « *Are you still working on it ?* », c'est-à-dire « Y travaillez-vous encore ? » Beurk !

— Étape n° 9 : la note, où le serveur se fait pour la première fois à la fois discret et efficace. Il n'a pourtant aucun souci à se faire pour son pourboire, car, bien que non dite, la règle à New York consiste pour le client à doubler le prix de la taxe de vente de 8,375 %, quel que soit le montant de la note. Et gare à la personne qui ne s'y soumettrait pas : elle aurait alors l'occasion d'entendre un serveur s'exprimer crûment.

— Étape n° 10 : la fuite. Car, bien qu'elle ne soit pas prévue dans le *process,* il se peut qu'à ce stade des événements, vous ayez décidé de prendre dorénavant vos repas chez vous.

LE LUXE DU LAVE-LINGE

La presse américaine se fait régulièrement l'écho des folies new-yorkaises. Il y est question d'appartements à 88 millions de dollars, du *Cri* de Munch adjugé 119 millions, ou des 40 000 dollars par an qu'il faut débourser pour scolariser son enfant dans une école privée. Pourtant, plus modeste et prosaïque, la vérité est tout autre. Car le premier des luxes à New York, c'est d'avoir une machine à laver le linge chez soi.

Une exigence aussi insignifiante que légitime, me direz-vous. Eh bien, non, pas à New York. En effet, bien qu'il soit difficile de dire de façon précise combien de logements à Manhattan en sont effectivement équipés, on considère que c'est le cas de seulement 17 % des appartements à vendre et de 5 % des appartements à louer. Bref, l'existence d'une machine à laver est un atout qui va si peu de soi que les agences immobilières ne manquent jamais de le signaler dans leurs petites annonces.

Alors, pourquoi ? Précisons d'abord que les Américains, fidèles à leur penchant pour la démesure, produisent des machines de 1,90 m de haut qui sont bien encombrantes. Et puis le système d'alimentation en eau de la ville est si vétuste que ses tuyaux sont trop larges pour obtenir une pression satisfaisante. Il est donc difficile d'équiper de machines les étages supérieurs de la plupart des immeubles. D'où la nécessité d'importants travaux de plomberie que les propriétaires rechignent à faire.

Mais certains, contestant le bien-fondé de cet argument, avancent que les responsables d'immeubles craignent surtout que la mousse de la lessive des habitants des étages élevés n'envahisse les niveaux inférieurs en s'écoulant à travers les canalisations, occasionnant ainsi dégâts des eaux et procès entre copropriétaires. Aussi préfèrent-ils interdire l'installation de machines individuelles et aménager une lingerie communautaire, dont ils donnent la gérance à des fabricants de machines à laver, qui leur demandent alors par contrat de s'engager à maintenir cette interdiction.

Les résidents frustrés essayent bien de ruser en tentant de soudoyer les *superintendants*, sorte de patrons opérationnels des immeubles, pour qu'ils ferment les yeux sur l'installation d'une machine à laver cachée dans un placard fermé à clef, lorsqu'ils n'essayent pas de la faire rentrer en contrebande, dissimulée dans un carton d'emballage de réfrigérateur ou de télévision. Il leur reste alors à trouver un plombier de confiance, prêt à se faire passer pour un ami de la famille auprès des *doormen* (les portiers-concierges de l'immeuble, véritables espions à la solde du *superintendant*), et à espérer que son intervention n'entraînera aucun dégât des eaux propre à trahir la présence de la machine dans l'appartement. Mais ils doivent le plus souvent se résigner à donner leur linge au pressing ou à descendre dans le sous-sol de leur immeuble pour y faire leur lessive.

Cependant, les choses commencent à changer maintenant que les nouveaux condos de luxe proposent des appartements équipés de machines à laver. Et puis, depuis que les prix de l'immobilier se sont envolés, c'est aussi devenu une question de standing. Car si personne à New York ne s'attend à disposer d'une machine à laver individuelle dans un studio ou un deux-pièces, l'absence de machine pose désormais problème dans les appartements grands et chers, au point d'en faire baisser les prix.

Alors les immeubles contre-attaquent en embellissant leur lingerie et en l'ouvrant plus longtemps (celle de mon immeuble est, par exemple, ouverte de 8 heures à 23 heures). Mais de là à rendre agréable le fait de descendre son ballot de linge et sa lessive au sous-sol pour payer 2,25 dollars l'utilisation de la machine à laver, 2 dollars celle de la machine à sécher et 25 cents pour 5 minutes supplémentaires de séchage, il y a de la marge.

Comment devenir New Yorkais

Maîtriser les acronymes

On peut penser que l'on parle anglais lorsqu'on s'installe à New York, mais l'on s'aperçoit très vite que l'on ne comprend rien, ou pas grand-chose, aux propos échangés, car ils sont truffés d'acronymes. Petit cours de rattrapage.

DUI : *Driving Under Influence* (conduire sous l'influence d'un alcool ou stupéfiant). MIA : *Missing In Action*. BFF : *Best Friend Forever*. MILF : *Mother I'd Like to Fuck*. OMG : *Oh My God !* NBF : *New Best Friend*. TFC : *Top of the Food Chain* (être canon). ASAP : *As Soon As Possible*. STD : *Sexually Transmitted Disease*. MS : *Multiple Sclerosis* (sclérose en plaques). SAT : *Scholastic Aptitude Test* (le bac américain). ATM : *Automated Teller Machine* (distributeur automatique).

Manier les prénoms

Mitt, Newt, Ron, Barack. Il suffit d'énumérer les prénoms des candidats à la présidentielle américaine, ou ceux des enfants de Demi Moore et de Bruce Willis – Rumer Glenn, Scout LaRue, Tallulah Belle –, pour comprendre à quel point il peut être difficile pour un Français aux États-Unis de retenir les prénoms de ses interlocuteurs. Il s'agit pourtant d'un savoir-faire indispensable. De la serveuse de restaurant – « *I am Jane and I am going to wait on you today* » – au démarcheur téléphonique qui se présente « Sam » ou « George » (au lieu du fameux Dominique Martin de France Télécom), chacun vous tend une perche qu'il faudra saisir pour bien traiter votre interlocuteur et en être bien traité.

C'est ainsi que « Jane, un café ! » sera bien plus efficace qu'un simple « Mademoiselle, un café ». Et que vous obtiendrez plus facilement un dépannage en faisant usage du prénom de votre prestataire de services. Les Américains sont des champions en la matière. Ils écoutent votre prénom très attentivement lors des présentations, au point de vous le faire répéter s'ils ne l'ont pas compris ou entendu, avant de se le mettre en bouche en le redisant dans toutes les phrases qu'ils vous adressent. Une technique d'apprentissage très rodée.

Il faut dire que l'enjeu est d'importance, car il s'agit d'un des éléments-clefs de la familiarité instantanée que les Américains instaurent avec les gens qui les approchent. Alors que les Français, observant une prudente distance avec leurs interlocuteurs pendant qu'ils calibrent le degré d'intimité qu'ils vont établir avec eux, prennent le temps de passer du vouvoiement au tutoiement et du nom de famille au prénom, qu'ils peuvent donc se permettre d'écouter distraitement dans un premier temps.

Enjamber les trottoirs

New York ayant des grilles d'évacuation disséminées parcimonieusement aux carrefours, et non des caniveaux tout au long de ses trottoirs, la neige et la pluie s'accumulent au coin des rues. Aussi mieux vaut-il se munir de bottes en caoutchouc ou d'après-ski, pour enjamber les immenses flaques et les monticules de neige qui obligent le plus souvent à autant de contorsions que de détours.

Savoir donner une adresse

Notamment à un chauffeur de taxi qui se contente rarement d'un numéro et d'un nom de rue. Par exemple, il ne sert à rien de lui donner l'adresse du restaurant Café Luxembourg en disant « 200 West 70th Street ». Encore faut-il avoir auparavant téléphoné au restaurant ou regardé sur Internet pour pouvoir lui dire que c'est « dans la 70ᵉ Rue, entre West End et Amsterdam Avenue, plus près d'Amsterdam, et sur le côté sud de la rue ». Eh oui, rien que ça !

Confirmer

New York est en effet en proie à la manie de la confirmation. Aussi y reçoit-on des coups de fil incessants de la part des médecins, des coiffeurs, des esthéticiennes chez qui l'on vient de prendre rendez-vous, et des restaurants où l'on vient de réserver. Et mieux vaut répondre au téléphone ou rappeler, car les rendez-vous non confirmés sont impitoyablement annulés. Un comble au moment où les nouvelles règles de politesse vous dictent d'envoyer un mail ou un texto plutôt que de téléphoner. Pour ne pas déranger.

Café Luxembourg
www.cafeluxembourg.com

200 West 70th Street
New York
(212) 873-7411

Avenues, The World School

Avenues, « *the world school* », vient d'ouvrir ses portes. Un événement auquel le *New York Times* a consacré plusieurs articles, tant cette dernière-née des écoles privées à New York dénote le changement de mentalité en matière d'éducation.

Pourtant elle ne semblait a priori être qu'une énième école dans la ville, qui compte déjà, pour ses 1,4 million d'enfants en âge d'être scolarisés, le plus grand nombre d'écoles publiques du pays, et la plus grande concentration d'écoles privées, lesquelles exigent pour la plupart des frais de scolarité ahurissants de 40 000 dollars par an dès le CP – ce qui ne les empêche en rien d'être prises d'assaut et de refuser 30 candidats par place disponible.

Car les parents new-yorkais sont prêts à tout pour mettre leurs enfants sur les rails de la réussite. Et la pression qu'ils exercent sur eux, autrefois circonscrite à l'entrée à l'université et aux résultats des examens comme le SAT et le GMAT, commence désormais à la maternelle, avec l'ERB, l'examen destiné aux enfants de 2 ans et 2 mois à 7 ans et 3 mois ! Aussi les cabinets de consultants en éducation, déjà nombreux et prospères sur le créneau des études supérieures, aident-ils désormais les parents à établir également une stratégie gagnante pour faire rentrer leurs enfants dans les écoles privées les plus prestigieuses de la ville.

C'est dans ce contexte d'offre raréfiée que l'école Avenues a joué l'éléphant dans le magasin de porcelaine, en offrant d'un coup 1 300 places de la maternelle à la terminale, à pourvoir à la rentrée de septembre 2012, après avoir levé 75 millions de dollars auprès de sociétés de capital risque, dont 60 pour transformer un entrepôt en bâtiment d'école, et 15 pour assurer les salaires des 35 personnes engagées 15 mois avant l'ouverture, qui ont mené une véritable campagne de persuasion auprès des parents aisés de la ville pour les convaincre d'inscrire leurs enfants chez eux.

De plus, contrairement à la plupart des écoles privées qui se situent *uptown*, Avenues cible les nouveaux riches du bas de la ville, en ouvrant ses locaux dans le coin le plus branché de New York, sur la High Line, 10e Avenue et 25e Rue, entre les boutiques de mode et les galeries d'art contemporain de Chelsea.

Enfin, Avenues assume sans complexes son statut de société commerciale à but lucratif. Un phénomène plutôt récent sur le marché des écoles privées à New York, et qui a le vent en poupe. Car à égalité de frais de scolarité, de l'ordre de 40 000 dollars par an, la formule d'Avenues est paradoxalement plus économique que celle des écoles privées à but non lucratif qui, ne parvenant pas, malgré ces tarifs, à boucler leur budget, demandent en plus aux parents de mettre la main à la poche lors de galas de charité, ou de campagnes annuelles de levées de fonds.

Et l'éducation dans tout ça ? Eh bien là encore, Avenues se démarque de ses concurrents avec l'idée d'une école mondialisée dotée d'un réseau de 20 campus qu'elle compte créer à travers le monde pour la modique somme de 500 à 600 millions de dollars supplémentaires, pour que les parents de ses élèves puissent vivre alternativement à New York, Rio, Shanghai, Moscou ou Delhi sans se soucier de trouver une nouvelle école à leurs enfants. En attendant l'achèvement de ce projet mégalomaniaque, l'école de New York offre une scolarité bilingue, plutôt rare aux États-Unis, avec des cours dispensés en chinois ou en espagnol le matin et en anglais l'après-midi, des échanges d'un trimestre et des stages d'immersion de 6 semaines pour les élèves à partir de 11 ans, au sein d'un réseau mondial d'écoles existantes comme celle qui les accueillera à Pékin dès l'été 2013.

Alors Avenues réussira-t-elle son pari ? Ses fondateurs ont beau se targuer d'avoir plus d'argent, plus de temps et de talent que les autres écoles, leur projet semble comporter tant d'aléas qu'il est permis d'en douter. Néanmoins quelques statistiques pourraient bien faire pencher la balance en leur faveur, notamment le fait que la population des enfants de moins de 5 ans à Manhattan a augmenté de 32 % depuis 5 ans, tandis que le nombre de places disponibles dans ses 12 meilleurs établissements n'a augmenté que de 400 places en dix ans. Sans compter le fait, dont s'avisent avec inquiétude de plus en plus de parents américains, qu'il n'y a que 200 000 Américains qui parlent le chinois pour 300 millions de Chinois qui parlent l'anglais.

Avenues
www.avenues.org

11 East 26th Street #17
New York
(212) 935-5000

L'EXPÉRIENCE SLEEP NO MORE

Sleep No More est le spectacle à ne rater sous aucun prétexte à New York. De quoi s'agit-il ? D'une libre interprétation de *Macbeth* qui frappe tant les esprits que le huitième épisode de la saison 5 de *Gossip Girl* y est consacré. Il s'agit en effet de théâtre « immersif », c'est-à-dire qu'au lieu de regarder la scène assis dans un fauteuil, l'on se déplace dedans, librement, à son propre rythme.

Où ça ? À l'hôtel McKittrick, un hôtel achevé en 1939, condamné par la guerre à fermer avant son ouverture, et qui était désaffecté jusqu'à l'année dernière lorsque la compagnie théâtrale britannique Punchdrunk le transforma en scène pour *Sleep No More*. Une scène gigantesque de 9 000 m^2 répartie sur cinq étages, dans lequel le *Macbeth* de Shakespeare y est donné à découvrir, non de manière linéaire et passive, mais par fragments, selon le hasard de la pérégrination des spectateurs et leur découverte éventuelle des scènes de meurtre, de bal, de séduction, ou de bagarre, jouées ou dansées çà et là dans l'hôtel par les acteurs et les danseurs.

Le parcours débute dans un cabaret des années 1930 tendu de velours rouge dans lequel un orchestre en smoking et en robe longue joue de suaves airs de jazz. Après un verre de champagne ou un shot d'absinthe, les spectateurs sont appelés petit à petit par un étrange Monsieur Loyal, invités à ne plus parler et à revêtir un masque d'orgie comme celui d'*Eyes Wide Shut* pour déambuler à leur guise dans l'hôtel.

Les salles se suivent dans une ambiance de film noir des années 1940, dévoilant tour à tour un cabinet de curiosités, un atelier de taxidermiste, une confiserie, un hôpital psychiatrique avec sa chambre capitonnée, des archives, un dortoir d'asile, une chambre d'enfants, une salle de bal, une forêt dans le genre de celle de l'artiste Loris Gréaud exposée au Palazzo Grassi à Venise, un cimetière ou l'antre d'un thanatopracteur. L'on y marche sur des gravats, du parquet ou des tapis, environné de sons, de lumières et d'odeurs plus étranges, morbides, et inquiétants les uns que les autres. L'on peut y découvrir un escalier dérobé derrière une tenture, ouvrir les tiroirs, toucher les acteurs, ou se faire entraîner par eux. Suivre les mouvements de foule suscités par les acteurs ou vagabonder dans les pièces comme dans une installation d'art contemporain.

Les puristes se désoleront sans doute de voir le théâtre ainsi réduit à sa plus simple expression, celle de corps se déplaçant dans l'espace, et de ne retrouver le texte de Shakespeare que sur les graffitis et les bouts de papier éparpillés dans les salles.

Mais *Sleep No More*, dont le titre est tiré du deuxième acte, dans lequel Macbeth entend une voix l'interpeller « *Sleep no more ! / Macbeth does murder sleep* », est bel et bien fidèle à l'esprit de la pièce. Et l'expérience qu'il propose réussit le tour de force de susciter chez le spectateur les frissons de danger de l'enfance à l'abri d'un masque qui le tourne en voyeur sans compromettre sa vertu.

Alors, pas d'hésitation, venez à New York tenter le coup de *Sleep No More*. À moins que vous n'attendiez *Punchdrunk Travel*, le prochain projet de cette compagnie, qui aura lieu dans un aéroport d'où les spectateurs se verront proposer de partir en vacances…

Sleep No More
sleepnomorenyc.com

McKittrick Hotel
530 West 27th Street
New York
(212) 904-1883

Pale Male, citoyen d'honneur

Un des résidents les plus connus et les plus respectés de Manhattan n'est autre qu'un aigle à queue rousse. Car, bien que les ponts et les buildings de la ville aient de tout temps abrité des faucons pèlerins, il est le premier aigle de son espèce à s'être adapté à New York de si incroyable façon.

Pale Male, un aigle à queue rousse ou *Buteo jamaicensis*, connu pour l'envergure de ses ailes qui peut atteindre 1,20 mètre et baptisé ainsi en raison de ses inhabituelles couleurs pastel, est arrivé en ville en 1991. Jusque-là, rien d'étonnant puisque plus d'une douzaine de rapaces survolent Central Park ou y font escale chaque année, entre la fin de l'été et la fin de l'automne dans leur route migratoire vers le sud.

C'était encore un jeune mâle immature d'un an lorsqu'il a découvert Central Park et sa nourriture abondante avec ses pigeons, ses rats, ses souris, ses oiseaux, ses écureuils, et ses ratons laveurs. Il a tenté de s'établir dans un arbre, mais les corbeaux l'en ont empêché. Alors il a essayé d'autres endroits, dont le balcon de l'appartement de l'époque de Woody Allen, pour finalement jeter son dévolu sur la corniche d'un des immeubles les plus prestigieux de la ville sur la 5e Avenue, le 927. Aussi ahurissant que cela ait pu paraître alors aux spécialistes, il s'y est installé pour de bon. Et il est parvenu à y survivre depuis lors, et à y élever 26 aiglons, alors qu'à peu près 75 % d'entre eux ne résistent pas à leur premier hiver dans la nature.

Aussitôt constatée, sa présence a fait sensation, d'abord auprès de ses voisins les plus proches, puis de tous les naturalistes, photographes et journalistes de New York. Un livre, un documentaire et de nombreux articles de journaux lui ont été consacrés. Sans parler des blogs comme « Urban Hawks » et « palemale.com » qui le suivent à la trace. De sorte que Pale Male est très vite devenu une sorte de rock star. Ainsi ses admirateurs, tels les fans de John Lennon qui se rassemblent encore devant le Dakota, ont pris l'habitude de se réunir à l'ouest du bassin de bateaux miniatures de Central Park pour l'apercevoir. Et observer, commenter et décortiquer sa vie amoureuse, qui est très mouvementée. Car ce père attentif qui apporte de la nourriture à ses petits jusqu'à 5 fois par jour, est aussi un bourreau des cœurs. Ainsi Pale Male en est à sa 6e compagne. Il y a eu First Love, dès 1992, qu'il a courtisée en lui faisant don d'un pigeon mort, puis Chocolat, qui est morte des suites d'une collision avec une voiture, et Blue, qui lui a donné au moins 11 petits et l'a accompagné de 1998 à 2001, date à laquelle elle a disparu, sans doute victime des attaques terroristes du 11 Septembre ; Lola, de 2002 à 2010, puis Ginger, qui est morte après avoir mangé un rat empoisonné, et enfin Zena, sa dernière conquête.

Pourtant cette armée d'appareils photos, de jumelles et de longues vues pointées à 150 mètres du 927 Fifth Avenue n'a pas toujours été du goût de ses habitants, qui ont essayé à plusieurs reprises de se débarrasser de son nid pour retrouver la tranquillité à laquelle ils estimaient avoir droit. Mais c'était compter sans l'extraordinaire popularité de Pale Male. Et cela a donné lieu en 2004 à une bataille rangée d'un an entre les résidents de l'immeuble et leurs opposants, dont la société Audubon de New York et l'association d'amoureux des oiseaux de Central Park, avec la tenue de manifestations, l'engagement d'actions en justice et une publicité ahurissante, dont l'immeuble se serait si bien passé qu'il a fini par capituler en reconstituant une nacelle pour son nid.

Mais cette querelle ornithologique a surtout eu pour effet d'installer définitivement Pale Male dans le rôle d'un héros qui a eu le culot de défier les nantis en choisissant l'endroit le plus huppé de la ville pour s'installer. Et les New-Yorkais ne l'en ont chéri que davantage pour cela. Car son histoire est celle d'une réussite comme ils les aiment, celle d'un « self made mâle », qui a gagné son statut de patriarche et de citoyen d'honneur grâce à son adaptabilité, son ingéniosité, et sa grâce.

Le nid de Pale Male

927 5th Avenue
(coin 74ᵉ Rue)
New York

The Dakota
1 West 72nd Street
New York
(212) 362-1448

Dîner plus vite que la musique

L'ennui, d'ordinaire, quand on va à l'opéra, c'est qu'il faut choisir de dîner avant le spectacle, c'est-à-dire bien trop tôt, compte tenu de l'heure à laquelle on sort du bureau, ou de souper après, lorsqu'on n'a qu'une envie, c'est d'aller se coucher. Le moyen de faire autrement ? Dîner pendant la représentation. Et c'est précisément ce que propose le Metropolitan Opera de New York dans son restaurant The Grand Tier – du nom donné au premier tiers des loges au-dessus du parterre d'un théâtre –, situé au premier étage du Metropolitan Opera House, un des bâtiments composant le centre culturel du Lincoln Center qui occupe plus de six hectares de l'Upper West Side.

Il n'y avait que les Américains pour y penser. D'abord parce qu'ils sont pragmatiques, et puis parce qu'ils ne voient aucune honte à organiser leurs loisirs à l'avance, ce que les Français jugent pour la plupart incompatible avec la légèreté et la spontanéité qu'ils souhaitent conserver à leurs sorties. Cette formule super rodée de dîner d'entracte laisse en effet peu de place à l'improvisation. D'une part, parce qu'il faut être détenteur de places pour le spectacle donné ce jour-là afin d'y avoir accès. D'autre part, parce qu'il faut commander son menu lors de la réservation. Ce qui suppose de connaître les goûts et les envies de ses amis mélomanes ou de leur envoyer le menu à l'avance. Rien de bien sorcier bien sûr, mais il s'agit d'être précis et de faire son choix entre les 6 entrées, 3 plats principaux, 2 accompagnements, 8 desserts, 2 champagnes, 3 vins rouges et 3 vins blancs proposés. Jusqu'au déca ou à la tisane de fin de repas, et même le montant du pourboire que l'on compte laisser au personnel, avec des cases différentes à cocher pour un supplément de 15 ou de 20 %, car il va sans dire que l'on doit aussi régler l'addition à l'avance.

Ce qui peut changer ? Le nombre d'entractes. *La Traviata*, *Rigoletto*, *Don Giovanni* et *Madame Butterfly* n'en ont qu'un. Qui dure 28 minutes, ce qui implique que l'on dîne pendant ce temps-là, avec tous les plats déjà posés sur la table à son arrivée. Ou alors, si l'on n'a pas envie de cette formule au lance-pierre, on prend l'entrée et le plat principal avant la représentation et le dessert et les infusions durant l'entracte. Mais certains opéras ont deux entractes, comme *Manon*, *Hernani*, *le Crépuscule des dieux*, *Faust*, *Rodelinda* ou *Siegfried*. Alors, on prend d'ordinaire l'entrée et le plat principal au cours du premier et le dessert et les infusions au cours du second. À moins que l'on ne préfère commencer à dîner avant la représentation, puis prendre le dessert et les infusions durant le premier entracte, afin de se laisser la possibilité de rentrer se coucher au moment du second, au cas où le spectacle ne serait pas à la hauteur. Vous suivez ?

Il va sans dire que tout cela demande un peu d'entraînement. Pas question de perdre son temps en allant aux toilettes, ou en restant coincé dans la salle de concert par la foule qui se déplace tranquillement pour prendre un verre au bar. Non, il faut jouer des coudes pour foncer jusqu'au restaurant. L'endroit est grand genre avec son plafond doré à la feuille d'or, ses lustres mobiles Spoutnik en cristal de Swarovski et les deux immenses fresques originales de Marc Chagall datant de l'inauguration de l'opéra en 1966, protégées du soleil par des rideaux tirés tous les jours entre minuit et quatorze heures.

La nourriture y est correcte, et l'ambiance relativement calme, malgré le timing serré. C'est agréable et bien organisé, mais pour ce qui est de la décontraction, on repassera. Car on ne peut se départir en dînant ainsi de la vague impression que l'on accomplit une sorte d'exploit. Cela dit, c'est un coup à prendre, d'autant plus facile que les amateurs d'opéra du monde entier ont l'habitude de relever les nombreux défis qu'impose leur passion. Rien ne leur fait peur, ni de voyager à l'autre bout du monde pour une représentation, ni de réserver leurs places des mois à l'avance, ni de les choisir minutieusement en fonction de l'acoustique des salles dans lesquelles ils se rendent. Alors, rien d'étonnant à ce que le Grand Tier ne désemplisse pas.

The Grand Tier Restaurant
thegrandtier@patinagroup.com

Lincoln Center Plaza
New York
(212) 799-3400

QUITTER LA VILLE EN JITNEY

Dès les beaux jours, les New-Yorkais s'adonnent à l'une de leurs activités favorites, quitter la ville. De Coney Island à Fire Island, d'Upstate New York au Connecticut, les destinations autour de Manhattan ne manquent pas. Mais la plus recherchée, la plus exclusive, est sans conteste les Hamptons, la Riviera new-yorkaise composée de gros bourgs bordés de plages sauvages et située sur l'île de Long Island. Pour y aller, plusieurs options. L'hélicoptère, le bateau, la voiture, ou bien le « *jitney* », du nom de la société de bus assurant la liaison entre New York et Long Island, qui est une véritable institution. On y réserve sa place par mail ou par téléphone en indiquant l'arrêt où l'on compte embarquer.

À New York, le plus proche de la sortie de la ville, et donc le plus populaire, se situe sur la 40e Rue, entre Lexington et la 3e Avenue. Sur le trottoir, des cordons de sécurité délimitent l'endroit où faire la queue en fonction de sa destination. Derrière se trouvent des tas de gens : ados chevelus, dames bon chic bon genre avec leur chien, ou d'autres aux cheveux jaune poussin maigres à faire peur, aux visages figés par les liftings, habillées dans des camaïeux de beige et de blanc, avec des pantalons aux plis impeccables, des chaussures plates à picots et des cabas en toile ; hommes en pantalon lie-de-vin et chemises Lacoste ; fashionistas en jogging griffé et sac Vuitton qui laissent voir leur nombril…

Mais à bien y regarder, la sociologie des passagers diffère en fonction de la destination indiquée par les panneaux. À bien y écouter aussi, car le téléphone portable étant interdit dans le bus, les gens passent leurs coups de fil dans la file d'attente. Parmi les passagers en partance pour Southampton, il n'est pas rare d'entendre les femmes appeler leur masseur, leur coiffeur, ou leur bonne, tandis que les passagers pour East Hampton appellent leur agent, leur attaché de presse ou leur galeriste.

Derrière le panneau « Montauk », où Warhol possédait une maison, ce sont plutôt des surfeurs. L'atmosphère y est baba cool ou bohème, comme dans la file d'attente pour Sag Harbor, Amagansett, Water Mill et Sagaponack, plus relax et rustiques. Tandis que derrière le panneau « Westhampton », où l'ambiance est familiale, on parle souvent de nourriture. Il y a une file d'attente spéciale pour ceux qui ont choisi l'Ambassador, la version business class du jitney, avec fauteuils en cuir plus spacieux, organisés par rangées de trois, au lieu de quatre dans les autres bus, une moquette à fleurs au lieu du linoléum, un meilleur choix de journaux, et à l'heure de l'apéritif, l'option d'un verre de vin immonde. Le tout pour 20 dollars de plus l'aller-retour.

Mais quels que soient le bus ou la destination, le voyage n'a rien de glamour. À peine installé, on vous propose à manger. Le matin, un muffin au maïs ou aux myrtilles, et plus tard dans la journée, un *party mix* ou des chips. Le tout emballé dans du papier cellophane, que le préposé du jitney armé d'un sac-poubelle entreprend de récupérer aussitôt distribué. Dix minutes plus tard, rebelote avec la distribution de bouteilles d'eau ou de jus de pomme. Pourquoi ne commencent-ils pas par la boisson, vu qu'on a largement le temps de s'étouffer avec son muffin et ses cacahuètes ? Mystère.

Et de nouveau la poubelle. Puis l'employé fait le tour des passagers pour encaisser le prix du voyage (30 dollars l'aller, 50 l'aller-retour) au moyen d'un téléphone qui fait machine à cartes et d'une imprimante pour les reçus accrochée à la hanche dans un holster. Alors seulement on a la paix, on peut naviguer sur Internet, aller aux toilettes à l'arrière, ou écouter de la musique. Et comprendre pourquoi les prix des maisons à Southampton, à deux heures de New York, sont tellement plus élevés que ceux d'East Hampton, qui exige jusqu'à 45 minutes de jitney en plus.

Hampton Jitney
www.hamptonjitney.com
(800) 936-0440

En attendant Sandy

On est dimanche. L'ouragan Sandy se dirige vers New York. Et l'état d'urgence a été décrété à New York, à Washington, dans le Maryland, la Pennsylvanie, la Virginie, le New Jersey et le Connecticut. Mais après l'inquiétude suscitée par Irene en 2011, il flotte dans les rues de New York comme un air de déjà vu, et la ville, blasée, échaudée par un nouveau désastre annoncé, semble avoir du mal à se mobiliser.

Non pas le maire Bloomberg, qui donne conférence de presse sur conférence de presse, interrompant les programmes de télévision de la plupart des chaînes pour annoncer les mesures qu'il va prendre, depuis une estrade où se pressent une dame qui traduit ses propos en langue des signes et tout un tas d'hommes à la mine grave, au nombre desquels se trouvent le responsable de la compagnie d'électricité et le responsable des transports publics. On se croirait dans un film catastrophe, tant les mots prononcés le suggèrent. Il est question de zones d'évacuation, comme la fameuse zone A, en bas de la ville, d'où 375 000 personnes sont en train d'évacuer, comme en 2011, des 65 refuges et centres d'évacuation, où, si besoin est, nous attendront sous peu du personnel, de la nourriture et des lits pliants. Les animaux de compagnie y seront les bienvenus, nous précise-t-on. Heureusement que pour nous détendre Bloomberg termine invariablement ses conférences par un résumé en espagnol, rendu hilarant par son accent américain à couper au couteau.

Mais il faut bien dire qu'il ne se passe rien pour l'instant. Pas encore. Pas l'ombre d'une averse. Ce qui n'empêche pas les rues de se vider, car les métros ferment à 19 heures et les ponts et tunnels sont censés suivre à 21 heures. Alors, comme tout le monde, j'ai fait des provisions. Sans conviction. J'ai acheté de l'eau, du riz, des lampes de poche et des piles. J'ai suivi les recommandations du maire et j'ai rempli ma baignoire à ras bord (pour la chasse d'eau en cas de panne de courant), j'ai fermé mes volets et mes rideaux, et j'ai débranché les appareils électriques proches des fenêtres. Du coup après cela, et puisque je risque de passer les prochains jours enfermée chez moi à manger des denrées non périssables, je suis allée au restaurant. Chez Amaranth (62e et Madison), le restaurant favori de Sarkozy. Il était plein, tout comme l'était Sette Mezzo (71e et Lexington) au moment de l'ouragan Irene, qui était à peu près le seul restaurant ouvert *uptown*.

De retour chez moi, j'ai trouvé des consignes de sécurité glissées sous ma porte par le *superintendant* de mon immeuble. Ma tension monte d'un cran. D'autant que je n'ai pas la radio qui marche à piles et la trousse de premiers secours recommandées. J'ai donc, pour me calmer, disposé des bassines en plastique aux endroits de mon appartement où la pluie s'était invitée lors du dernier ouragan. Et j'ai rallumé la télévision. La Croix-Rouge nous y conseille de « prévoir le pire, et d'espérer le meilleur ». Cela m'a rappelé qu'il fallait que je prépare le sac d'urgence recommandé par Bloomberg, contenant de l'eau, du cash, mon passeport, et des médicaments. Les casinos d'Atlantic City viennent d'être évacués, les parcs de la ville fermés. Et la Bourse de Wall Street sera fermée demain, du jamais vu depuis 1985 au moment de l'ouragan Gloria, et le 11 septembre 2001. Personne à la télévision ne parle plus de l'alerte au tsunami émise à Hawaï après le tremblement de terre qui a eu lieu au Canada au large de la Colombie-Britannique. Ni de l'horrible fait divers de la nurse qui a poignardé 2 enfants dont elle avait la garde, qui traumatise la ville depuis 3 jours. Au lieu de cela, on nous annonce trois hypothèses : soit l'ouragan frappe Long Island, c'est-à-dire si près de la ville que ce ne peut être que mauvais, soit il frappe Atlantic City, et ce sera pire, car New York se trouvera alors sur le quadrant nord-est de l'ouragan, c'est-à-dire l'endroit le plus violent, soit l'ouragan frappera directement la ville, et là, ce sera le pompon.

Puis, comme s'ils ne nous sentaient pas assez inquiets, les présentateurs de la météo se déchaînent : prenez cet ouragan-ci au sérieux, ne le sous-estimez pas. D'autant que c'est la pleine lune, et marée haute à la fois. Préparez-vous : cela va commencer demain à 6 heures du matin et cela va durer jusqu'à mardi 18 heures, soit 36 heures d'ouragan. Il paraît que ça va barder.

Restaurants ouverts les jours d'ouragan

Amaranth
www.amaranthrestaurant.com

21 East 62nd Street
New York
(212) 980-6700

Sette Mezzo (ne prend pas les cartes de crédit)

969 Lexington Avenue
New York
(212) 472-0400

THE SHOW MUST GO ON

Les vitrines du grand magasin Barneys viennent d'être dévoilées, révélant un dessin animé de Disney consacré à la mode où Minnie, devant la vitrine, s'imagine à Paris pendant la *Fashion Week*. Elle y croise tous ceux qui comptent dans l'industrie de la mode, des créateurs aux photographes, en passant par les coiffeurs et les maquilleurs, sans oublier les célébrités habituées des premiers rangs des défilés, telles que Sarah Jessica Parker, Lady Gaga, et bien d'autres…

La vidéo de 3 minutes, baptisée *Electric Holiday*, qui a demandé un an de travail, est une réussite. Elle réjouira les enfants, heureux de retrouver Minnie, Cruella d'Enfer, Daisy, Pluto, Mickey et les autres, autant que les adultes qui s'amuseront à les découvrir habillés en Balmain, Balenciaga, Nina Ricci ou Lanvin et à reconnaître les gens de la mode incarnés dans des personnages de dessin animé. Une réussite d'autant plus remarquée qu'elle succède à une polémique suscitée fin octobre lors de l'annonce dans la presse de l'opération. Devant la maigreur de Minnie, dont la silhouette s'allonge et s'affine radicalement lorsqu'elle s'imagine en mannequin défilant aux côtés de ses amis, des parents se sont réunis dans un groupe de pression pour fustiger cette incitation irresponsable à l'anorexie.

La polémique paraît désormais bien dérisoire. Car vingt jours après Sandy, les conséquences de l'ouragan n'en finissent pas de durer. Certes, le pire est passé. Le métro de New York fonctionne de nouveau, l'électricité a été rétablie chez environ 95 % des usagers dès le treizième jour suivant la tempête, le tunnel Brooklyn-Battery, transformé en fleuve le 29 octobre, vient de rouvrir et le rationnement d'essence ne concerne plus que les cinq *boroughs* de New York. Quant au haut de la ville, il a retrouvé sa tranquillité après avoir accueilli les branchés de Downtown condamnés à l'exode après avoir été évacués, plongés dans le noir ou inondés.

Mais la détresse subsiste, notamment dans le Queens et le New Jersey, où nombre de gens ont tout perdu, y compris la vie, Sandy ayant en effet causé la mort de 160 personnes, dont 40 à New York. Le président Obama semble en avoir pris la mesure, puisqu'il vient de faire le tour des sites dévastés de Staten Island et de visiter l'un des trente centres de l'État de New York ouverts par la FEMA pour secourir les victimes, alors qu'il s'était abstenu de venir jusqu'alors pour ne pas perturber les secours avec une visite officielle. Mais la détresse subsiste aussi à Manhattan, où la vie semble pourtant avoir repris son cours, le retour à la normale s'y avérant en effet bien inégal. Par exemple, certaines écoles ne rouvriront pas leurs portes avant le mois de janvier, et trois des hôpitaux de la ville sont fermés au public jusqu'à nouvel ordre puisqu'ils vont devoir se lancer dans des travaux estimés à 1 milliard de dollars pour être en mesure d'accueillir de nouveau des malades.

Alors, désormais, quand ils se rencontrent, les New-Yorkais ne peuvent pas s'empêcher de se demander comment ils ont vécu le jour J. Ils se félicitent de leur chance, font le compte des dégâts matériels, des arbres déracinés, des jours sans électricité ou chômés qu'ils ont subis, et ils rivalisent de générosité en s'engageant comme bénévoles dans leur quartier, leur communauté ou leur paroisse, en attendant que tout rentre dans l'ordre. Car, bien que le traumatisme causé par Sandy n'ait rien de commun avec celui du 11 Septembre, il n'en flotte pas moins dans l'air une désillusion comparable, suscitée par ce nouveau rappel de la fragilité d'une ville qui aime à se croire invulnérable.

Aussi New York s'applique-t-elle plus que jamais à un optimisme auquel elle a recours depuis toujours. En se préparant avec méthode à la Macy's Thanksgiving Parade de jeudi qui réunira 1 500 majorettes, danseurs et chanteurs, 800 clowns, 10 fanfares, 24 chars, 15 ballons géants gonflés à l'hélium et des millions de visiteurs. Juste avant l'installation dimanche sur l'esplanade du Rockefeller Center du 80e sapin de Noël de 25 mètres de haut et de 15 mètres de diamètre, qui a miraculeusement survécu à l'ouragan Sandy, et dont la mise en lumière sera comme chaque année retransmise sur la chaîne NBC. *The show must go on.*

Macy's
www.macys.com

151 West 34th Street
New York
(212) 695-4400

Rockefeller Center
www.rockefellercenter.com

45 Rockefeller Plaza
New York
(212) 332-6868

Barneys
www.barneys.com

660 Madison Avenue
New York
(212) 826-8900

Table

Du même auteur :

BÉGUIN, roman, Grasset, 1996. Publié sous le nom de Cécile de La Baume.
FEMME DE…, roman, Grasset, 2002.
LES PRÉTENDANTS, roman, Grasset, 2009.

PAPIER À BASE DE FIBRES CERTIFIÉES

Le Livre de Poche s'engage pour l'environnement en réduisant l'empreinte carbone de ses livres. Celle de cet exemplaire est de :
250 g éq. CO_2
Rendez-vous sur www.livredepoche-durable.fr

Composition réalisée par Nord Compo

Achevé d'imprimer en février 2014 en France par
MAURY IMPRIMEUR
45330 Malesherbes
N° d'impression : 187437
Dépôt légal 1re publication : mars 2014
LIBRAIRIE GÉNÉRALE FRANÇAISE
31, rue de Fleurus – 75278 Paris Cedex 06

31/7984/3